鬼同心と不滅の剣

悪の道楽

藤堂房良

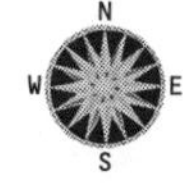

コスミック・時代文庫

この作品はコスミック文庫のために書下ろされました。

目次

第一章　人殺し吉治郎

一

岡っ引きの吉治郎（きちじろう）は土間に立っていたが、いつ、どこで目醒（めざ）めたのかもわからなかった。頭は霞（かすみ）がかかったようにぼんやりしていて鈍い痛みもあった。喉の渇きも覚えた。

柄杓（ひしゃく）を入れてみたが水甕（みずがめ）は空だった。

昨夜はたしかに半分ほど入っていたはずだが、と思いながら裏庭につづく板戸をあけた。

すでに陽が高く、春先の心地よい陽射しに体が包まれた。

眩（まぶ）しい。

目のあたりに影をつくろうとして手をあげると、なにか黒いものがこびりついているのに気がついた。

乾いてはいたが血のようだった。

両方の掌にべったりとついている。

「親分……おはようござ……い」

裏の長屋に住んでいる廻り髪結いの言葉が途切れた。

長屋とのあいだの竹垣は低いうえに所々竹が腐って抜けている。

「いかがなすったのでございますか、親分」

吉治郎をしばらくみつめてから、馴染みの髪結いがふたたび口をひらいた。

「うん……」

「その……飛び散ったような……そいつは……」

いわれて吉治郎は寝間着の胸元をみた。

腹から胸にかけて赤黒く染まっていた。

触ると、ごわごわとした手応えがあった。

「血が固まっているのか……」

これはただごとではない、と思った廻り髪結いは、霊巌島の自身番に走った。

吉治郎が怪我をしている、と考えたのだ。

その自身番に、町廻りに出たばかりの藤尾周之助と二人の岡っ引き、明神下の海次と小三がいた。ご用箱を背負った奉行所の中間もついていた。

事情を聞くが早いか、藤尾は押っ取り刀で吉治郎の住まいに駆けつけた。

吉治郎は呆けたような顔であがり框に座り、板の間に目をやっていた。

「吉治郎……おめえ……」

藤尾が雪踏をはいたまま板の間にあがった。

そこには腹を滅多刺しにされ、首の血脈を斬られた屍体が転がっていた。近くに血まみれの包丁が落ちている。

「おめえがやったのか」

眉間にしわを寄せた藤尾が聞いた。

「わかりやせん。昨夜のことはなにも憶えてねえのです」

「海次、吉治郎に縄をかけろ」

「旦那、それは……吉治郎は逃げるような奴じゃありませんぜ。まだ事情もわかりませんし……」

海次は四十八で、吉治郎とはむかしからの知りあいだった。気心も通じている。

「てめえ、おれのいうことが聞けねえのか」

藤尾が怒鳴ると、海次は不満そうな表情を押し隠しながら、懐から捕り縄を取りだした。

「そのまえに小便……」

吉治郎がいった。茶化しているわけではなく、小便袋がはちきれそうになっているのに初めて気がついたのだ。

「ここで洩らされてもかなわねえ。ついていけ」

藤尾が不機嫌を隠さずにいった。

「小三、おめえは奉行所に走り、中間を十人ほど連れてこい。それから、柴田玄庵にもきてもらえ」

藤尾にいいつけられた小三が、

「へーい」

と素っ頓狂な声をあげ、吉治郎の家から飛びだしていった。

小便から戻ってくると、

「霊巌島の、すまねえな」

と海次は耳元で囁き、吉治郎をうしろ手に縛った。

「海次、おめえは、近所を聞いて廻れ。なにか気づいた者がいるやもしれねえ」

海次が出ていくと、

「知りあいか」

屍体をみながら、藤尾が吉治郎に尋ねた。

屍体は六十代の半ばくらい。痩せて小柄ではあるが骨太な体つきをしていた。陽焼けのせいか、顔色が黒い。

「見憶えのねえ顔です」

「隠してもすぐわかることだぞ。おれが徹底的に洗ってやるからな、獄門台を覚悟しておけ」

「節々の硬さから判断すると、殺されたのは昨夜の夜中だな」

いったのは南町奉行所と検視の申し合わせを取り交わしている蘭方医の柴田玄庵だった。神妙な顔つきの若い医生が、玄庵のいったことを帳面に書き取っている。

「最初の傷は首のそれだとみていいだろう。首からは夥しい血が飛び散っている。これは、斬られたとき心の臓が動いていた証だ。躊躇い傷があるのは、下手人の覚悟が足りなかったのだろうな。つまり、人殺しに慣れてはいないということだ」

「首を斬っただけで死んでいただろうと思われるのに、腹の傷は……」

「滅多刺し。みな深く、躊躇い傷があったとしてもわからないな。傷の形状は、屍体のそばに落ちていた包丁の刃と一致する。この包丁が得物とみてまちがいないだろう。飛び散った血の量からすると、殺されたのもここだ。ほかで殺してここに運びこまれたとは考えられない。腕や顔には傷がないので、争いもなかったとみていいだろう」

「怨みか」

「これをやった下手人の心根まではわからんよ。下手人を捕まえてそれを聞きだすのはあんたらの仕事だ」

玄庵は屍体の手を検めていたが、やがて、

「手の皮厚し。左掌や手の甲に古い傷痕が数カ所。節くれだっていて、爪のあいだに石の粉らしいのが入っているが、ひとの皮膚らしいものはない。下手人を引っ搔いてはおらぬということだな。右手の掌に胼胝がある」

「爪のあいだに石の粉なら石屋か。右手の胼胝は石鑿か鏨でできたものかもしれねえな」

「そうかもしれぬし、そうでないかもしれぬ。わしはみたことしかいえぬ。あとは大番屋で詳しい検分をする」

といって立ちあがった。甕の水で手を洗おうとしたが水がなく、玄庵は仕方なく裏庭に出て井戸水で手を洗った。

「屍体を南茅場町に運べ」

奉行所の中間が屍体を戸板にのせ、筵をかぶせて運びだした。玄庵が屍体を検分する大番屋は、南茅場町にある。

「昨夜はいつごろ戻ってきた」

大番所へ運ばれていく屍体を見送っていた藤尾が、縄をかけられて土間に座らされている吉治郎に尋ねた。

「雁木の旦那と町廻りを終え、わかれてから外で夕飯を食いました。湯に入って帰ってきたのが、六つ半刻（午後七時）くらいだったでしょうか」

雁木の旦那というのは、吉治郎がついている南町奉行所定町廻り同心雁木百合郎のことだが、いまは同心見習いの江依太やご用箱を背負った中間を伴い、町廻りに出ている時刻だった。

「おめえが帰ってきたとき、あの屍体の男がここで待っていた、ということはなかったのだな」

「へい。心張り棒などは掛けておりませんが、家にはだれも」

「それからどうした」

「いつものようにすぐ寝ました」

「それから」

吉治郎が怪訝な顔をして顔をあげた。

「それから……とおっしゃいますと」

「おめえが戻ったときにはだれもいなかった。だが朝には屍体が転がっていた。ということはだ、おめえが寝たあとにこいつがやってきたので起きだし、いい争いになったのだろう。それが昂じて殺した」

「そうなんですか」

吉治郎が聞いた。からかっているつもりはなかった。ほんとうになにも憶えていないのだ。

「そうなんですかって……」

藤尾は苛っとしたようで、大声をあげた。

「じゃあ、こういいたいのか。おめえがぐっすり寝込んでいるあいだに、あの屍体の男と下手人がおめえの家にあがりこんで揉め、片方が刺し殺した。その騒ぎのあいだ、おめえは目が醒めなかった、と。そもそもなぜ、二人がおめえの住まいにあがりこんでまで、殺しあわなくちゃならねえのだ」

「さあ、なにも憶えてねえものですから、なにがあったのやら、さっぱり」

「おれを莫迦にしてるのか。得物の包丁も、おめえが使っていたものだって認めたじゃねえか」

「それはそうなのですが……ほんとうに憶えがねえのです」

吉治郎が嘘を吐いているのかどうか、藤尾にはわからなかった。が、吉治郎ほどの岡っ引きなら、顔色を読ませないで嘘を吐くくらいはなんなくやってのけるはずだ。

「そういいつづければ、人殺しの罪から逃れられると思ってるのなら、甘いぞ。おれをだれだと思ってる。南の藤尾周五郎だぞ」

吉治郎に脅しがつうじるとも思えなかったが、このような一件をどのように扱えばいいのかわからない藤尾には、苛立ちと不安があった。

藤尾の尋問を、床下で聞いていた男がいた。

読売の書役、権丈という男だった。

「あの文はこのことだったのか……」

朝、読売屋『笠子屋』の雨戸の隙間に、

『霊厳島へいって、ぶらぶら歩いていろ。おもしろいことが起こるはずだ』

と書かれた文が挟んであったのだ。

そこで、霊厳島にやってきて彷徨いていると、文に書かれてあったとおり、おもしろそうな事件に出くわした。

そこで、吉治郎の住まいの板塀伝いに路地に廻りこむと、板がはずれ、ひと一人が入りこめるような隙間がみつかった。というか、作ってあった、といった方が的を射ているかもしれない。

権丈はそこから庭に忍びこみ、床下に潜りこんで藤尾と吉治郎との話を聞いていたのである。

岡っ引きの海次が、中年の女を連れて戻ってきた。

出入り口には大勢の弥次馬がいて道を塞がれ、とおれなかった。

「おめえら、散れ。ぐずぐずしてると、探索を妨げた罪で縛っ引くぞ」

海次が怒鳴ると、渋々といった態で弥次馬が道をあけた。

「このおかみさんが、昨夜、男が怒鳴る声を聞いたとか……」

連れてきた女を藤尾に引きあわせた海次がいった。

女は小太りで髪に艶がなく、疲れたような顔をしていた。

「お種さん……」

うしろ手に縛られた吉治郎が声をかけると、お種は不安そうな顔で吉治郎をみた。

「怒鳴り声ってえのは、なんだ」

藤尾が尋ねた。

お種がふたたび吉治郎をみた。

「いいんだ、正直に話してくれ。おれは、昨夜のことはなにも憶えてねえのだ」

お種は不安そうな顔のままうなずき、

「なん刻かはよくわからないのですが、後架（厠）へ起きて、戻ってくるとき声が聞こえまして……玄関戸を叩いているような音がして『おれは石屋の為五郎だ。

怨みを晴らさせてもらうぞ』といってました」

「石屋の為五郎だと……おれの読みどおり、やはり石屋だったな」

藤尾が、満足そうにうなずいた。

「そのあと、いい争うような声などは聞こえなかったか」

「わたしも気になりまして、しばらく立って聞いていたのですが、そのあとはもう静かになって……なにも。ですから、酔っ払いかなにかだと……」

「そうか、もう帰っていいが、このことはだれにも話すな。いいな」

お種にいったあと、藤尾は海次に向かい、命じた。

「石屋の為五郎の所在を突きとめろ」

石屋というのは墓石を作る職人のことだ。大工や左官に較べれば、数は知れている。石屋の為五郎がいるとすれば、二、三日うちにはみつかるだろう。

「ここにあったのが石屋の為五郎の屍体なら……」

「おめえ莫迦か。それをたしかめてえから、為五郎を捜すんだよ。岡っ引きは、いわれたとおりにやればいいんだ。おれは吉治郎を縛っ引き、先に奉行所に戻ってるからな。手を抜くんじゃねえぞ」

藤尾は、雁木百合郎が首を突っこんでくるまえに、吉治郎がやった、と吟味与力に思いこませるのがあのお方のご意向だろうか、と考えていた。

夕刻、町廻りから戻ってきた雁木百合郎は、朝のできごとを筆頭同心の川添孫左衛門から聞いた。

「吉治郎、なにがあった」

吉治郎は奉行所の囚人置場に閉じこめられていた。

江依太も心配したが、岡っ引きもその見習いも、囚人置場に入ることは許されなかった。

「旦那……」

百合郎は知らないが、掌に血がついているのに気づいたあと初めて、吉治郎が表情らしい表情を浮かべた。戸惑いと安堵が入り混じっている。

「おまえの家で屍体がみつかったそうじゃねえか」

「そうなんですが、あっしはまったく憶えがねえのです」

吉治郎は朝のできごとを憶えているかぎり話した。

吉治郎は血のついていない袷に着替えていたが、ひとまわり小さくなったような印象を受けた。肩が落ち、覇気がまったくなかった。

血のついていた寝間着は、玄庵の検視に廻されたのだろう。

「駆けつけたのは藤尾さんだったそうだが、近くの自身番にいたというのはほんとうのことか」

「本人から直に聞いたわけではないのですが、どうもそうらしいです」

「嵌められたとしたら、心あたりはあるか」

「嵌められたのでしょうか」

「わからねえが、それなら筋はとおる」

吉治郎はやや考えてからいった。

「旦那もご存じのように、岡っ引きになるまえは裏者の道を歩いておりましたから、なんともいえませんし、岡っ引きになったあとも、恥ずかしいことなどひとつもしてねえ、とお天道さまに向かって胸を張れるわけでもねえですから」

「ほかにおれに話しておくことはねえか」

「裏の長屋のお種という左官の女房が、夜中、玄関戸を叩いているような音がして『おれは石屋の為五郎だ。怨みを晴らさせてもらうぞ』という声が聞こえた、といっておりました」

「石屋の為五郎に心あたりはあるか」

「あっしもずっとその名を考えているのですが、まだ頭に霧がかかっているようで、思いあたりません」

岡っ引きがひと月に会う者の数は相当なものだろう。相手は吉治郎を知っていても、吉治郎は知らない。そのことは大いに考えられる。

「喉が渇いていたけど、水甕に水がなかった、といったそうだな。まえの晩のことは憶えているか。水甕に水が入っていたかどうかだが」

「水甕の水をきらしたことなどありません。暗いなかで井戸水を汲みあげるのは難儀なものですから。起きたらすぐ水は汲み足しておきます」

「底の方に残っていたということはないのだな。水はまったくなかったのだな」

「柄杓で掻き廻しましたが、汲めませんでしたから」

といって吉治郎は不審そうな顔をして尋ねた。

「水甕の水がなかったことと、屍体が転がっていたこととに、なにか関わりがあるとお考えですか」

「わからねえが、わずかでも手掛かりが欲しい」

といって百合郎はやや考え、尋ねた。

「玄庵医師が検視をなさったのだろう。おれが知っておかなければならないようなことをいっておられなかったか」

「うちの板の間に転がっていた屍体の爪には石の粉が入っていたそうですが、ひとの皮膚はなかったとか。手の皮は厚く、左手には多数の古い傷。右掌には胼胝ができているともいっておられました」

「石屋ならさもありなんだな。屍体の年恰好はどうだ」

「みた目は六十代半ば。小柄でしたが骨太の体つきをしておりました。外での仕事で陽焼けしたのか、顔は黒かったですね」

「屍体は石屋の為五郎だろうな。藤尾さんは、そのことについてはなにもいっておられなかったか」

「明神下の海次と小三が石屋の為五郎の所在を探して走り廻っているはずです」

「わかった。腹を滅多刺しにされていたとなると、自死はねえだろうが、おめえがだれかに嵌められたことはまちげえねえだろう。これは少々厄介な一件になりそうだぜ」

「獄門を覚悟しておけってことでございますか」

「そんなことにはおれがさせねえ。おめえの命はかならず救ってやる。安心して待ってろ」

「お願いしやす……」

吉治郎が涙ぐみ、両手をついて頭をさげた。

二

百合郎は筆頭同心の用部屋に引き返した。

吉治郎の一件の探索を任せてもらうよう、願い出ようとしたのだが、川添孫左衛門はすでに退所していていなかった。

吉治郎の一件は、最初に駆けつけた藤尾周五郎に任せられるだろうが、百合郎も加わらせてもらいたかった。藤尾ではまともな探索もできず、手っ取り早く吉治郎を下手人に祭りあげるのでは、と心配したからだ。

百合郎は中間に提灯(ちょうちん)を用意してもらい、霊厳島の吉治郎の家に向かいながら、吉治郎から聞いた話を江依太に語った。

「夜中に大声でおのれの名を叫んだ石屋の為五郎。たぶん屍体はその為五郎のものだろう。殺したのは吉治郎。なんだかできすぎた話だとは思わねえか」

百合郎がいった。

「親分がひとを殺すなど、あり得ませんよ。絶対」

話を聞いた江依太は、かなり憤(いきどお)っていた。尊敬する吉治郎に人殺しの疑いがかかるだけでも許せないようだ。

「為五郎は抵抗しなかったのでしょうか。それとも、まさか殺されるとは思わなかったのか」

「となると、下手人が為五郎を連れこみ、殺した、ということだな。玄庵医師は、吉治郎の住まいで殺されたのはまちがいない、といっていなさるのだから」

「もしも眠らされるか、気絶させられていたなら……」

「一人で連れこむのは無理でしょう」

「となると、下手人は二人いることになるな」

「それでも、為五郎の腹をなぜ滅多刺しにしたのか、水甕の水はなぜなくなっていたのか、わからないことだらけですね」

「昨日のきょうだからな。気持ちはわかるが、焦(あせ)るな」

まえから酔っ払いふうの二人連れがやってきて、百合郎と江依太と擦れちがおうとした。

一人が、ぎょっとした顔をして立ちどまり、脇を歩いていく江依太の顔をまじまじとみつめている。

「まるで博多人形じゃねえか……」

提灯に照らされた江依太の顔が、生き人形にみえたようだ。

「それにくらべ……」

「鬼瓦（おにがわら）」

その言葉が耳に入った百合郎は、怒鳴りつけてやろうと思ったが、それも大人げない。

「おきやがれ」

江依太は気にしたようすもなく歩いている。

吉治郎の住まいの表側は板塀だったが、裏は小さな庭で、その向こうの長屋とは竹垣で仕切られている。表の板塀に取りつけられた扉は名ばかりのもので、押すと簡単にあいた。見張りのための中間の姿もなかった。

この家にはもう用はない、と藤尾は判断したようだ。

百合郎も江依太も幾度もきていて馴染みの家だった。

どこかの隠居の窮地を救った礼に、妾宅（しょうたく）だった家を吉治郎に安く譲ってくれたのだとか、百合郎は聞いていた。

玄関にも錠はかかっていなかった。

提灯を手にした江依太が先に入り、雪踏のまま板の間にあがった。

親分の住まいに雪踏のままあがることなど、本来なら赦（ゆる）されることではないし、男装はしているが、実態は女であるお江依は亡くなった母から厳しく躾（しつ）けられ、まちがってもそんなことはしない。だが、そこいら中に血が飛び散ったままになっていたので、仕方がない。

提灯から部屋にあった行燈（あんどん）に火を移すと、あたりが明るくなった。

囲炉裏（いろり）のきられた八畳の板の間と、六畳、四畳半の小さな住まいだった。

血が飛び散っているのは板の間だけだった。四畳半に敷かれた煎餅（せんべい）布団には、わずかに血の跡らしいものがついていた。

江依太は板の間で雪踏を脱ぎ、六畳にあった行燈と四畳半にあった行燈を板の間に集め、それにもそれぞれ灯りを入れた。隅々まで見落としのないように、と考えたからだ。

「江依太、きてみろ」

百合郎は蓋を手に、水甕の傍らに立っていた。

江依太がそばにいくと、水甕をみるように促した。

水甕には半分ほど水が入っていた。

「水甕には水はなかったんじゃ……」

「吉治郎はそういっていた」

「親分の勘ちがいですかね」

百合郎は柄杓に水を汲み、指を入れて舐めた。変わった味はしなかった。

江依太も柄杓に指を突っこみ、濡らしてからそれを舐めてみた。

「これに眠り薬が入っていた、と考えたのですか」

「そう考えれば平仄があう。つまりだ、昨日帰ってきた吉治郎は、眠り薬の入った水をのんで寝た。そのため、板の間で多少の騒ぎがあっても目が醒めなかった。石屋を殺したあと、吉治郎の体は板の間に運ばれ、手や寝間着に血をつけられて放置された」

「では、この水は、吉治郎親分が縛っ引かれ、だれもいなくなったのを見計らって注ぎ足された。眠り薬の痕跡を消すために、ということですか」

「この水甕は洗われているだろうから、いまさら眠り薬がみつけだせるとは思えねえが、ほぼまちがいねえだろうな」

昨夜、ことがすべてすんだあと、眠り薬の入っていた水を捨てて水甕は空にした。だが、井戸は外だし、夜中に水を汲めば、滑車の軋む音を聞かれるかもしれないと考え、水を汲み入れられなかったのだろう。

そこまで考えた百合郎は、叫び声を聞きつけた近所の者がようすをみにやってきたら、どうするつもりだったのだろうか、と思った。が、ことがすべて成ったあとに叫んで逃げれば、なんの問題もない。

半刻（一時間）ほどかけて吉治郎の部屋をみて廻ったが、下手人の手掛かりになるようなものはみつからなかった。暮らしは質素で、茶簞笥の小抽斗に二両（一両はおおよそ十万円）の金が入っているだけだった。

吉治郎がだれかを強請って大金をせしめ、怨みや怒りを買っているような手証もなかった。

四畳半に敷かれた布団に血がついているのは気になった。

吉治郎が眠り薬で眠らされているとしたら、布団に血がつくのはあり得ないからだ。

吉治郎は、目醒めたのがどこだったか憶えていない、といっていた。もしも、殺したあと、寝床に戻って目醒めたのなら、布団にもっと大量の血がついているはずだし、板の間で目醒めたのなら、わずかでも布団に血がつくのはおかしい。なぜなら、喉が渇いて目醒めた吉治郎が一度四畳半にいき、布団をちょんと触ってから土間に降りて水甕に柄杓を突っこんだ、ということになるからだ。

そんな莫迦な話はない。

下手人が石屋を殺したあとの血のついた手で、四畳半で眠っていた吉治郎を板の間に運ぶときに布団に血をつけた、そう考えると筋がとおる。

「やはり、下手人は二人だったようだな」

翌朝五つ刻（午前八時）に出仕すると、川添孫左衛門が待っていて用部屋に呼ばれた。

「吉治郎と話したそうだな」

「はい」

「おまえのことだから、吉治郎の住まいもみてきたのだろうな」

「はい。合点のいかないことが二、三点みつかりましたが……」

「そのことは忘れろ。吉治郎の一件は藤尾周之助に任せ、おまえは外す」

「外す……いま、おれを吉治郎の件から外す、といわれましたか」

「いった」

「冗談じゃありません。吉治郎はおれつきの岡っ引きですよ。それなのにおれを受け持ちから外して、なぜ藤尾さんなのですか」

百合郎が怒鳴った。

となりの同心詰所にも聞こえたはずだが、かまわなかった。

昨日、かならずおれが助けてやる、と吉治郎に約束したのだ。なんとしても受け持ちにならなければならなかった。のんびり定町廻りなどやっているわけにはいかない。

百合郎は膝を詰め、

「藤尾さんは温厚でいいひとですが、定町廻りに異動になってわずかに二年です」

と、となりに聞こえないような低い声できりだした。

「そのうえ、此度(こたび)のような、世間の注目を浴びる大きな事件を扱ったことは、一度たりともありません。そのような人物一人に任せてもよいのですか」

川添孫左衛門が渋い顔をした。

「まずいことがふたつ考えられます」

「なんだ、まずいことというのは」

川添も低い声で問うた。川添は同心たちが思っている以上にきれ者だが、世間体を気にしすぎるところもある。まずい、というのは聞き捨てならないはずだ。

「解決が遅くなると、身贔屓ではないかと読売に叩かれ、奉行所に非難の目が向く。もうひとつは、奉行所での評判、つまり仕事のできない奴だという評判を藤尾さんが恐れ、まちがった結論で早く決着をつけようとする、このふたつです。補佐という名目でもかまいませんから、おれにも手伝わせてください」

「おまえは、吉治郎が下手人ではない、というのか」

「吉治郎はなんらかの理由で嵌められたのです。そう考える理由は……」

百合郎は、水甕に水がなかったこと、敷きっぱなしだった布団に、わずかな血がついていたことを話した。

川添は困った顔をして考えこんだ。

たしかに、雁木のいうように、吉治郎が嵌められたのなら、なんの実績もない藤尾一人に任せるのは心許ない。だが、雁木に任せると、おのれつきの岡っ引きを助けるために、手証を捏造するのではないか、と世間はみるかもしれない。川添はそれが気掛かりだった。

となりの同心詰所で孫左衛門と百合郎の話が耳に入った定町廻り同心の三名は、あからさまではないが、ちらちらと藤尾周之助に目を向けた。

藤尾周之助は、同僚が、

「こいつでは心許ない」

と考えていることは、重々わかっていた。

本勤並みになってからの十六年間で藤尾は、高積見廻り、門前廻り、下馬廻り、定町廻りと四つの役を、いわば盥廻しのように異動させられてきた。

二年ほどになる定町廻り同心の職が向いているとはおのれでも思えないし、遣る気もあまり起きない。けれど、方々から賄賂が入ってくるところだけは気に入っていた。だがそれも、このままなんの手柄も立てなければ、来年の春あたりにはまたどこかに異動になるのはまちがいない。

賄賂に慣れたいま、それがなくなるのも痛手だが、度々異動になるのは『仕事ができない奴』という看板を背負って奉行所内を歩くようなものだ。

だれからも嘲られ、そのうち相手にされなくなるのは目にみえている。奉行所でそのような立場に陥るのだけは避けたかった。

　奉行所内での藤尾は、

「のんびりしていて頼りない」

　と思われているが、実は出世欲はかなり強い。のんびりを装っているのは、

「だからあいつは出世しないのだ。もっとも出世したいとも思っていないようだがな……」

　と、才覚のないのを悟られないための、藤尾が編みだした同僚に対する隠れ蓑であった。

　いまの藤尾は、定町廻り同心に留まるためには形振りなどかまっていられないのだが、それも、近ごろ出入りを赦された、ある隠居の引き立てでなんとかなりそうな状況にはある。その隠居からは二十五両をもらい、

「吉治郎を獄門台に送ってくだされ。方法はお任せしますが、すぐに送らず、できるだけ世間が大騒ぎするような手立てを考えていただいて……」

　と頼まれていた。いや、命じられていた。とはいえ、おのれ一人の力で吉治郎を獄門台に送れるとも思えなかった。大きな事件を解決した経験がまったくないからだ。

将来、一人で大きな事件を解決するなど、兎の毛の先ほども考えていなかったため、同僚がどのように事件を取り扱うのか、それに興味を抱いたことさえない。探索の初歩の初歩さえ知らないのだ。

そんなおれが、吉治郎を獄門台に送る手証をみつけるなど、不可能としか思えない。だが、もしも吉治郎を獄門台に送れなかったら、隠居との縁はきれるだろう。このところ温かくなった懐も、一気に寂しくなる。

ここはひとつ、作りあげた藤尾周之助という人物像を貫き、雁木百合郎の探しだした手証を揉み消し、反対の手証を捏造するしかない。どんな手証にも、異議は挟める。と考え、立ちあがった。

「入ってもよろしゅうございますか」

同心詰所と筆頭同心用部屋は襖一枚で区切られている。

藤尾は、用部屋に向かって声をかけた。

これでも受け持ちをはずすといわれれば、奉行所を辞め、浪人になってでも事件の真相を突きとめてやる、と百合郎が決心したとき、同心詰所から藤尾の声が聞こえた。

「話し中だ、待て」

川添孫左衛門が苦々しい表情でいった。

「いえ、待てません」

といい、藤尾が襖をあけて入ってきた。

こんな強引なことをする人物ではなかったのに、と思いながら、百合郎は藤尾をみていた。

藤尾は百合郎の脇に座り、

「実は、お恥ずかしい話ですが、それがしが異動になってからまだ、世間の注目を浴びるような大きな事件に遭遇したことがありません。いえ、遭遇したことはあるのですが、あまり深く関わってきておりません。正直、此度の一件を一人でやるのは心許ないのです。そこで経験豊富な雁木に手を借りたいのですが、いかがでございましょう」

川添はしばらく考え、

「まあ、おぬしがそういうのなら、いいだろう。二人でやってくれ」

と、安堵したようにいった。

百合郎が囁いたことも、もっともだ、と考えていたからだ。

「感謝いたします」

藤尾がいって両手をついた。

どこかしっくりこなかったが、百合郎も、藤尾に礼だけは述べておいた。

同心詰所で藤尾の話を聞いていた同僚も、

「さすがに、出世欲のない藤尾さんだ。しかし、なかなか肚は太い」

と褒め称えた。とくに、由良昌之助が病死した後釜として異動してきた同心は、

「おれも見習わなければな。いや、藤尾さんはああみえてなかなかの人物だ」

と、しきりに感心していた。


大番所で待っていた海次と小三に、藤尾は、

「昨日の聞きこみでわかったことを雁木にも話してやれ、吉治郎の件をいっしょにやることになった」

といい、帯から大刀を抜いてあがり框に腰をおろした。

江依太も大番所にいたが、藤尾には無視された。

百合郎は刀を落とし差しにし、土間の壁に寄りかかった。

「浅草山谷町あたりを聞きこんでいくと、為五郎を知っているという石屋がみつ

かりました」

　海次がいった。

　山谷から橋場にかけては寺が多いので、石屋も軒をならべている。さすがは明神下の海次だ。そこに目をつけたようだ。

　為五郎は『石五郎』という墓石屋をやっているが、奉公人が三人という小さな店だという。

「昨夜はもう店が閉まってましたので、これから『石五郎』を訪ね、奉公人に、吉治郎の住まいでみつかった屍体の顔を検めてもらおうと思っております」

　いったあと海次がやや考え、話の穂を継いだ。

「実は……朝、ここへのきがけに、これを売っていましたので……」

　海次が懐から二枚つづりの読売を取りだして藤尾にわたした。

　それを受け取って読んだ藤尾の顔色が変わった。

　藤尾が百合郎に向かい、読売を差しだした。

　百合郎は藤尾の顔をみながら受け取り、素早く目をとおした。

　そこには、

『岡っ引きの住まいに転がっていた屍体、下手人は岡っ引きか』

という大きな見出しがあり、近所の女房が、『おれは石屋だ。怨みを晴らさせてもらうぞ』と聞いた話まで、昨日の朝のできごとが詳細に書かれてあった。故意になのか配慮不足なのか、吉治郎の名まで出ている。それなのに為五郎の名は伏せてあった。

奉行所のだれかが洩らさなければ、知りようのない内容だった。あるいは、藤尾の取り調べをどこかに潜んで盗み聞きしたか。

「おめえらのだれかが洩らしたんじゃねえだろうな」

大番所にいた岡っ引きたちに顔を向けた藤尾が、怒鳴った。

岡っ引きたちがいっせいに藤尾に目を向けた。

「めっそうもねえ。それぐらいのことは心得ておりやす」

小三が口を尖らせていった。

「じゃあ、あそこにいた中間が金をもらって売ったのか」

藤尾がいまいましそうな声でいった。

「くそう……みつけたらきり刻んでやる」

藤尾が罵ったが、どうも芝居がかっていた。

「おまえたちはすぐ『石五郎』にいって、奉公人を茅場町の大番屋へ連れてこい。

おれは先にいっている」

「へい」

海次がいい、小三を連れて数寄屋橋をわたっていった。

百合郎は藤尾を大門脇に連れだした。

「藤尾さんの見解をお聞かせください」

「見解って……吉治郎の住まいで起きた一件のことか」

藤尾はつまらなそうな顔をした。

「吉治郎がやったに決まってるじゃないか。憶えがない、などというのはあいつのいい逃れだよ」

といったあと、藤尾は指を折りながら、

「あいつの家で起こった。得物はあいつがいつも使っていた包丁だった。身体が血まみれだった。とはいえ、どれも手証にはならねえ。この騒ぎはしばらく続きそうだぞ」

といって空をみあげた。空は厚い雲で覆われていて、いまにも降ってきそうだった。このところしばらく続いた暖かい風も冷たくなっている。

手証のことだけは賛成だった。ただ百合郎は藤尾とちがい、吉治郎がやっていない、という手証を探すつもりでいた。

「水甕が空になっていたというのをどうみますか」

「空の水甕……なんの話だ」

「吉治郎が話していませんでしたか。朝目覚めたら喉が渇いていたので水をのもうとしたが、水甕が空だった……と」

「そんなことといってたかな。よく憶えてねえな。水甕が空だったってえことのなにに引っ掛かってるんだ」

「よくわかりません」

「そうだよな。そんな、どうでもいいことを気にしてる暇はねえぞ」

と藤尾はいい、

「このあとどうするのだ。いっしょに茅場町へいくか」

と、話の穂を継いだ。

「先に山谷にいき、為五郎の評判を聞いて廻ろうと考えております」

「あの屍体が為五郎だと決まったわけじゃないんだぞ」

「石屋の為五郎が二人いるとは考えにくいので、たぶん為五郎でしょう」

「そうか、山谷で会うかもしれぬな」

藤尾は数寄屋橋をわたっていった。

定町廻りが百合郎に軽く頭をさげ、手を振り、次々に町廻りに出ていった。

大番所で待機していた岡っ引きもそれにつづき、残っているのは江依太だけになった。

「吉治郎に会ってくる。読売でも読んでもう少し待っていてくれ」

百合郎はいい、藤尾からもらった読売を江依太にわたし、囚人置場にいった。

吉治郎の顔色は悪く、腫れぼったいような目をしていた。

「おめえが空だったといった水甕に半分ほど水が入っていたのだが、だれかが水を汲み入れるのを目にしなかったか」

吉治郎は戸惑ったような顔をして百合郎をみた。

百合郎は、吉治郎の留守中にだれかが忍びこんで水甕に眠り薬を入れ、ことがすんだあと、水を捨てたのではないか、と推測したことを話した。

「じゃあ、奉行所の連中が引きあげたあと、だれかがやってきて水を汲み入れた、とおっしゃるのですかい」

「それしか考えられねえ。野次馬か奉行所中間の振りをして、やったにちげえねえぜ」

吉治郎の顔に不安な表情が浮かんだ。嵌めた奴は、用意周到だと気づいたからだろう。

「石屋の為五郎は山谷に店をかまえていて、奉公人を三人使っているらしいのだが、これについては……」

「顔をみても、なにも思いつきませんでしたから……山谷ですか」

と吉治郎は力なくいい、しばらく考えていたが、首を振った。

「わかった。江依太も心配している。弱気にならずに、気をしっかり持て」

百合郎はいって囚人置場を出た。

吉治郎は両手をつき、頭をさげつづけていた。

三

大番所に戻ると、吉治郎の配下の、鋳掛屋(いかけや)の伊三(いぞう)、傘骨買(かさぼねかい)の金太(きんた)、看板描きの啓三(けいぞう)の三人が、落ち着かないようすで土間を歩き廻っていた。読売で事件を知り、駆けつけてきたようだ。

江依太も沈んだ顔で立っていた。

百合郎の顔をみると、伊三が、

「親分はどうなすってますか、元気ですか、どこか怪我してませんか」

と、涙目で矢継ぎ早に尋ねた。

「親分に会わせてくだせえ」

金太も泣きそうな顔でいった。

いつもは冷静で、ものごとにあまり動じない啓三の顔が真っ青になっている。

「できればおれも会わせてやりてえのだがな……心配するな、吉治郎は元気だ。あとでおめえらがきたことは伝えておく」

「おれたちになにかやれることはねえですか。親分のためなら命はいらねえ。なんだってやりますよ」

伊三がいった。

「そうだな……読売を読んだのなら知っていると思うが、吉治郎の住まいで死んでいたのは、石屋の為五郎という男にまちげえねえだろう。おめえたち、その名に心あたりはねえか」

三人が顔を見合わせ、首を振った。

「そうか。為五郎は、吉治郎に対してなにか怨みがあるようなことをいってたらしいのだ。これは下手人の謀(はかりごと)とも考えられるが、なにかをにおわしているのかもしれねえ」

「為五郎と親分の関わりを探ればいいんですね」

啓三がいった。

「為五郎は山谷で『石五郎』という石屋をやっている。得意先や友人、吉治郎と関わりができたかもしれない事件があればそれも。考えられるかぎり、すべて探りだしてくれ。怨みがある、というだれかの叫びに、吉治郎を救いだす鍵があるような気がしはじめているのだ」

吉治郎と為五郎とのあいだにまったく関わりがないのなら、あんな言葉を叫ぶとは思えない。吉治郎に濡(ぬ)れ衣(ぎぬ)を着せるつもりなら、多少なりとも吉治郎を怨んでいる者を犠牲にするのではないか。

「お願いします。親分を助けるのに、力を貸してください」

江依太が三人に向かって頭をさげた。

「頼まれなくてもやる。おれたちに頭をさげるような他人行儀はやめろ、江依太」

伊三はいって百合郎に頭をさげ、「いくぞ」といい、勢いこんで駆けだした。

江依太は三人のうしろ姿に頭をさげた。

「ちょっと待っててくれ。このことを吉治郎に報(しら)せてくる」

いって百合郎は右脇門から足早に奉行所に入っていった。

戻ってきた百合郎に、江依太がいった。

「読売のこの記事、よく読んでみましたが、書役があの場所にいたとしか思えませんね。『岡っ引きの吉治郎親分は、血染めの寝間着のまま後ろ手に縛られ、土間に座らされていた。目は焦点が定まっておらず、呆けているようであった。首筋に蠅(はえ)がとまっているのにも気づいていないようだった』なんて、みた者でなければ書けないんじゃないですかね」

「その書役が、どこかに潜んで藤尾さんの吟味を覗(のぞ)いていた、といいてえのか」

「そうなんですが、偶然その場に居合わせるのはできすぎている、かな、と」

「ではなにか……その書役が、吉治郎を陥れたうちの一人だといいてえのか、おめえは」

「書役が下手人の仲間かどうかまではわかりませんが、どんな人物か、書役の顔だけでもたしかめておいたほうがいいんじゃねえかと」

「版元はどこだ」

「神田花房町代地・笠子屋粂蔵……」

と口に出した江依太は、『笠子屋』を思いだした。

「ふた月ほどまえでしたか、どこぞのお武家の妻女と男娼の不祥事を暴き立てて大儲けした読売屋ですね」

「そのあたりにもなにかありそうだな。だがそのまえに、吉治郎の住まいに寄ってみようぜ。笠子屋の書役がどうやって入りこんだのか、昼間みれば、わかるかもしれねえ」


笠子屋の読売は江戸中で大評判を取り、夜中から朝にかけて刷ったぶんは午前中に売りきれ、午後売るぶんは、午前の遅い時刻にあたふたと刷る始末だった。

笠子屋の彫師も摺師も、寝ていなかった。

深川でも、読売の売り子は深編み笠をかぶった二人組で、片方があたりを窺い、もう片方が読売に書かれていることを簡略に伝えながら売っている。

そのようすを五間（約九メートル）ほどはなれた場所から眺めている老人と若

い男、それに四十がらみの浪人者がいた。

「これは大あたりですねえ」

　若い男がいった。この男、名を風太郎というが、顔が土気色でがりがりに痩せ、月代を伸ばしている。大きな目の白い部分が真っ白で、顔色さえ悪くなければ二枚目といってもいいだろう。弁柄色の長い襟巻きが顔色の悪さを和らげている。

「一文はわしのものじゃな」

　笑いながら老人がいった。

　この老人、浅草に大店をかまえる札差だったが、いまは旗本に貸した証文を手に隠居し、店は娘婿に継がせている。

　札差にはなんの未練もないといい、風太郎が知っているかぎり、店に顔をだしたことはないし、裏から手を廻して店をどうこうしているようすもない。

　隠居してからは、蘇枋と号している。六十代半ばだろう。

「虎雨の奴め、あいつが持ちかけてきた話で後れを取ったのだから、地団駄を踏んで悔しがるだろうなあ。早く奴の顔を拝みたいものじゃ」

　蘇枋は声をだして笑い、歩きはじめた。

　浪人はひとこともしゃべらず、あたりに気を配っていたが、蘇枋の半歩まえに出て歩きはじめた。

この浪人、名を平野平左衛門というが、風太郎からは、平々さん、と呼ばれている。蘇枋の用心棒だが、

「ひとを殺してないと、ひりひりするような緊張感がなくていけねえ」

と嘯くような人物だ。

読売売りに目をやっていた風太郎も、やがて二人についていった。


吉治郎の住まいの玄関戸をあけると、そこらじゅうに引っ搔き廻された跡があった。

衣類は放りだしてあるし、米や味噌はなくなっていた。

吉治郎は質素な暮らしで、百合郎が調べたときにも金目のものはなかったが、簞笥の小抽斗に二両あった。百合郎はそのままにしておいた。けれども、それも消えていた。

読売を読んだだれかが家を荒らしたにちがいない。

「くそったれが」

目に涙を浮かべた江依太が叫んだ。

「こんなのをみると、同心って仕事が厭になるぜ。こういう奴らの日常を護るために汗水流してると思うとな」

百合郎と江依太は部屋を大まかに片づけ、庭に出た。

出入り口には奉行所の中間が立ち、見張りをしていたのだから、そこから読売の書屋が這入りこむことはできない。

裏から弥次馬が押し入らないように、裏庭にも中間が立っていたはずだ。

二人は表の板塀をみて廻った。

吉治郎の住まいの玄関は西向きで、玄関脇に三間（約五・五メートル）ほどの濡れ縁がついている。濡れ縁のまえは庭で、芽吹いた雑草が伸びはじめていた。

庭の隅には物干し場と、板塀の内側に小さな棚が作られ、そこに皐の鉢植えが二鉢のっていた。

「ここじゃありませんか」

と江依太がいい、板塀の隙間を指差した。

そこは濡れ縁の北詰めで、本来ならあるはずの塀板が二枚ほど剝がされていた。

朽ちて板が剝がれたのではなく、だれかが釘を抜いてくぐり穴を作ったようにみえる。だが、剝がしたと思しき板は、庭にはなかった。

「ここから這入って床下に隠れれば……」

床は高く、ひと一人くらい動き廻れそうだった。

江依太はなんの躊躇いもなく床下に潜りこんだ。

百合郎が覗きこむとそこに江依太の姿はなく、声が聞こえた。

「土間のすぐ脇に隠れられますよ。だれかが膝歩きした跡があります」

しばらくすると、江依太が床下から出てきて、

「読売の情報を拾った……いや盗んだ絡繰り(からく)がわかりましたね」

といったが、首をひねった。

「どうした」

「板塀を壊したのは読売の書役でしょうか」

「もともと壊れていたようにはみえねえがな。引き抜いた釘の跡も新しいし」

「奉行所の中間や明神下の海次親分たちの出入りがあったのだから、塀を破ったら、音で気づかれませんかねえ」

と江依太はいい、塀を蹴った。ばん、という大きな音がしたが、塀は壊れずに板がしなっただけであった。

「それも書役に会えばわかるだろう」

二人は板塀の隙間から路地に出た。

路地は細く、奥までつづいているが、ひとの姿はなかった。

「それにしても……」

歩きはじめた江依太が呟くようにいった。

「このところ、読売屋が喜びそうな事件が次々に起こりすぎじゃないですかねえ。ほら、先月も……」

「朝、目が醒めたら……という、あれか」

月番が北町奉行所だったので、詳細はわからないが、読売で知ったところによれば、捻木の三五郎という小博奕打ちが朝目醒めると、枕元に千両の入った麻袋がおいてあった、という。

その小博奕打ちは大半を床下に隠し、博奕場に出かけて早速博奕に興じたが、普段の張り方ではなく、大金を張っているのを不審に思った元締めが、盗みでもやらかしたのではないかと考え、ひとを使って奉行所に届けたためにあっさり捕まったらしい。

新橋で押しこみ強盗があり、枕元にあった千両となにか関わりがあるのではないか、と北では執拗な探索を行ったが、ふたつの事件のつながりはいまのところつかめていないようだ。

だれが千両もの金を小博奕打ちの枕元においたのか、その理由をさまざま考え、また、千両がおかれていた理由を町人からも募り、煽りに煽っていたのが『青柳』という読売屋だったのを、江依太は憶えていた。

読売は下火になったようだが、北ではその一件を、非番のいまも探索しているはずだ。

そんな大金を、なんの意味もなく小博奕打ちの枕元におく輩がいるはずもない、と百合郎も思う。

なにか裏があるはずだが、ではその裏の意味は、と問われれば、おのれでも納得できる答えは導きだせない。

「北ではまだなにもつかめていねえようだが、おめえはどう思ってるんだ、江依太」

「まったく。でも、そのまえが、武家の妻女と男娼の相対死（心中）事件で、そのまえに、だれとも知れない旦那が吉原の遊女を請けだし、籬情夫と添わせてやった、という話もありましたね」

「それがどうした」

「読売屋の目でみれば、月に一度は、売れ筋の美味（おい）しい情報（ねた）があがってきている、ともいえませんか」

「そういえば江依太、おめえ、お武家の妻女と男娼の相対死は擬装くせえといってたな」

大川（おおかわ）に飛びこんだものとみられる、男と女。互いの体がはなれないように縄で縛った屍体が川岸に流れついた。

どうみても相対死だった。

懐に入っていた書きつけから、女は武家の妻女だとわかったが、屍体の女をみた武家の家老は、

「この者はわが屋敷とはいっさい関わりがない。屍体を放置するなり、犬に喰わせるなり、なんなりとお好きになされればよろしい」

といい放った。

だが読売は、庶民が飛びつきそうな話を放っておくはずもない。武家の妻女の相手が男娼だと探りあてると、妻女が、参詣と称して頻繁（ひんぱん）に屋敷を抜けだし、狂ったように男漁（おとこあさ）りをしていたこともわかった。

読売は、あることないこと盛りこんで連日書き立て、大いに売れた。

江依太は、身元がわかるような書きつけが懐に入っているのはおかしいのではないかといったが、江依太の考えが一顧だにされることはなかった。

わが屋敷とは関わりない、と家老がいったことで妻女は町人とみなされ、二人の屍体は奉行所で取り扱うことになった。しかし、わが屋敷とは関わりのない者であるといわれても、武家方にはそれなりの配慮が必要だ。

屍体は役人の手によって川に押し戻され、落着となっている。

「この一連のできごとがつながっている、などといいだすんじゃねえだろうな」

「いま、百合郎さまと話すまではなんの疑問も持ってはいませんでしたが……」

「遊女の身請け、相対死、枕元にあった千両小判、嵌められた岡っ引き、これがどうつながるのだ」

「わかりません」


霊厳島町の自身番は、新川に架かる一の橋のたもとにある。

このとおりがかりにその自身番が目に入ったとき、百合郎はふと、昨日の朝、自身番に藤尾周之助がいたことを思いだした。

藤尾の定町はたしか芝口あたりのはずで、方向のちがうこの場所になぜいたのか、俄に気になりはじめた。

「邪魔するぜ」

自身番を覗くと、差配らしい老人と番太が二人いた。

「昨日の朝、藤尾さんがここにいたと聞いたのだが、理由はわかるか」

百合郎が尋ねると、差配らしいのが応じてくれた。

「はい、なんでも、町廻りの途中でみつけた引ったくりを追ってこられたとかで。喉が渇いたから茶を一杯所望したいとおっしゃいまして」

「そうだったのか」

数寄屋橋をわたって南へいこうとしたら引ったくりをみつけた。それで追ってきて取り逃がし、喉が渇いたのでここへ立ち寄った。それならあり得ない話ではない。引ったくりがいたとしての話だが。

「江依太じゃねえか」

読売屋の『笠子屋』の暖簾をくぐると、小柄な男が驚いたような声をあげた。歳のころ四十代のようだが小柄で、目が落ち窪んでいる。

「権丈さん……」

といって江依太は一瞬息をのみ、

「吉治郎親分の記事を書いたのは、あんただったのか」

と、語気強くいった。

権丈とはある事件をつうじて顔見知りになっていたのだ。

権丈のまえには親方ふうの男が座っていて、板敷きの奥には、彫師や摺師らしい者の姿もあった。

「まわりっくどいことは嫌(きれ)えだからずばり聞くが、おめえ、あの場に居合わせたな」

百合郎はいい、吉治郎のことが書かれた読売を広げてみせた。

粂蔵と権丈が顔を見合わせた。

「これだけ詳しく書かれているのだから、いいわけは通用しねえぞ」

「偶然とおりかかりまして」

と権丈がいった。

「住まいはどこだ。霊巌島のあたりか」

江依太が詰め寄った。

「わかったよ。女の住まいがあの近くなんだが、泊まった帰りだった」

「女の名と住まいは」

「話すつもりはねえ。疑うならてめえで突きとめろ」

「嘘を吐いたり隠しごとをしていると、為にならねえぞ」

百合郎がいった。

「まさか、石屋の為五郎を殺した奴と結託してるんじゃねえだろうな」

江依太がいった。親分の吉治郎絡みの事件のせいか、いつもとちがい、いうことが荒っぽい。江依太にこのような一面があるのを、百合郎は初めて知った。

権丈が、むっとした顔で江依太を睨んだ。

「おれはあくまでも書屋だ。悪党と結託してまで、読売の売りあげを伸ばそうなどというけちくさいことは考えてねえ」

「住まいに忍びこみ、同心の吟味を盗み聞きしても、書屋なら赦されるのか。親分の名まで晒しやがって。あのあと、親分の住まいがどうなったか、知ってるのか。書けばどうなるか、考えてみたことがあるのか」

江依太が興奮し、うわずった声をあげた。

「おれが忍びこんで盗み聞きしたという手証でもあるのか、岡っ引き見習い」

権丈がいきり立った。

「親分とこの板壁が二枚、はずされていた。床下にはだれかが動いた跡があった。てめえの仕業だろう」

「待て」

百合郎が左手をあげてとめた。

江依太のいったことは的を射ていると思うが、権丈のいうようになんの手証もない。

「これからは、おめえんとこの読売を隅々まで目を光らせて読むぞ。奉行所が知らねえことがひと文字でも書いてあれば縛っ引いて痛い目にあわせてやるから、そのつもりでいろ」

百合郎と江依太が帰ったあと、まだ揺れている暖簾を睨みつけた笠子屋粂蔵が舌打ちした。

「あんなに向きになるとは、おめえらしくねえぜ、権丈」

「すみません。餓鬼（がき）に楯突（たてつ）かれて、ついかっとなっちまいました」

「一直線莫迦もなあ……なにも考えずに一直線に突っ走っているようでいて、みるところはちゃんとみてやがる」

「吉治郎の一件を扱うのはやめよう、などといいだすんじゃねえでしょうね」

「莫迦いえ、ふた月まえのことを考えてみろ。また、世間を騒がせるような、次の文がきっと投げこまれるにちげえねえぜ」

権丈はうなずき、にんまりした。

昨日の暁方、笠子屋の雨戸と雨戸のあいだに文が差しこんであった。文には、

『霊厳島へいって、ぶらぶら歩いていろ。おもしろいことが起こるはずだ』

としたためてあった。

そこで粂蔵は権丈につなぎをつけ、霊厳島に走らせたのだ。

文の内容を粂蔵が信じたのにはわけがある。ふた月ほどまえにも笠子屋の雨戸に文が差しこまれていたのだが、ある相対死を探ってみろ、という内容だった。

相対死など、二日に一件はある世のなかで、だれも驚かない。

粂蔵から話を持ちかけられた権丈の心は動かなかった。けれど、

「ほかに興味をそそられる事件もねえから……」

というので探りを入れてみると、女は武家の妻女で、相手は女に肌を売る男娼だとわかった。女が四十五で男が十八歳だったが、この妻女、参詣という名目で屋敷を抜けだしては男漁りに勤しんでいた。

悪事に手を染めていたという噂もあったが、そこまでは探りだせなかった。
権丈は、武家の家老が、女はわが屋敷とは関わりはない、といっているので妻女の屋敷からの苦情はこない、と踏んだ。とはいえ、闇討ちに遭ってはかなわないので、ある程度は気を使い、男女の身元がわからないように妻女と男娼の艶聞、不祥事を、あれこれ盛り沢山に書きまくった。

これが受けた。

笠子屋の読売は飛ぶように売れ、大儲けしたのだった。

権丈も儲けのお零れにあずかっている。

雨戸に差しこまれていた昨日の文の筆跡が、仕舞いこんであったふた月まえの文の筆跡とおなじだったのだ。

だれかは知らないが笠子屋のうしろ盾になろうとしている大物がいるのはまちがいない。

「権丈は、なぜあの時刻に霊巌島町にいたのでしょうか」

神田川沿いの火除け地に出ると、江依太がいった。

「女の家があの近くにあるから、泊まった帰りだっていってなかったか」

「調べてみないとわかりませんが、たぶん、嘘でしょう」

「まあな、読売の書役が事件の現場に居合わせた、というのができすぎているのは認めるが……」

「だれかが、霊厳島町にいけ、と命じた。あるいは文に書いて笠子屋に投げこんだ奴がいたのかもしれません」

百合郎は啞然とした。

「なぜそう考えが飛躍するのだ」

「わかりません。ただそのように閃いただけです。理由も根拠もありません」

二人は神田川沿いの道をやや上流に向かい、筋違橋をわたって南に歩を進めた。この道はまっすぐいくと日本橋につきあたる。橋をわたり、道を東に取れば、そこから茅場町の大番屋までは六町（約六百五十メートル）ほどの道程だ。

藤尾周之助には、山谷にいって『石五郎』の近所や、為五郎のことを尋ねて廻るつもりだ、といったが、吉治郎の配下の伊三たちにそれを命じたので、大番屋へいき、石五郎の奉公人に話を聞くほうがいい、と考えを変えたのだ。

ただ、疾うに午をすぎている。

雨が降りはじめるかもしれない、と案じた雲は薄れ、淡い陽射しがある。

いまからいっても石五郎の奉公人に会えるかどうかはわからないが、上手くすれば会えるだろうし、為五郎の遺体もみられる。

遺体がみられなければ、山谷に追いかけていくつもりだった。

「では、仮にそうだとして、霊巌島にいけといったたたれかとは、何者なんだ」

「石屋の為五郎を殺した下手人」

「わからんなあ。下手人が読売に事件を書かせてなんの得があるのだ」

「吉治郎親分が下手人であると町人に信じこませるため」

「読売などに書かれなくても、藤尾さんなど、もうその線で動いているようだぜ。川添さまも、吉治郎が下手人ではないというのか、と怪訝な顔をされたし。吉治郎が為五郎殺しの下手人じゃないと信じているのは、おれたちだけかもしれねえんだぞ」

江依太が立ちどまって百合郎をみあげた。小柄な江依太の頭の天辺が、百合郎の肩のあたりにあった。

「吉治郎親分が下手人という裁決を、お奉行さまがくだされるとして、その日までどれほどありますか」

「人殺しはお奉行一人ではなく、寺社奉行や、勘定奉行の意見を聞いてから裁決がくだされるから……早くても十日、というところだろうな。吉治郎が自白すればもっと早くなる」

「たった十日……」

人殺しとなると、拷問が赦されている。

拷問するまでにはそれなりの手証も集められ、それを突きつけて自白を強いるわけだが、それでも白状しないなら拷問が待っている。

いまの吉治郎の立場なら、吟味与力も、手証はそろっているとみなすかもしれない。

吉治郎は身に憶えがないのだから、自白はしないだろう。

自白しなければ自白するまで責めつづけられる。拷問に耐えかねて自白をすれば下手人と決めつけられる。そうなると裁決はあっという間だ。

最悪、五、六日で吉治郎の首は胴からはなれるかもしれない。

「なんとしても親分の命を救わなければ……」

江依太が悲痛な表情でいった。

茅場町の大番屋には、筵がかぶせられた遺体と板の間のあがり框に座っている四十そこその男がいた。

仮牢に囚人はいないが、顔見知りの牢番がいて百合郎に軽く頭をさげた。

『石五郎』には三名の奉公人がいると聞いていたが、ほかの奉公人は、藤尾からの聞き取りが終わり、帰ったのだろうか。

あがり框に座っていた男に百合郎が声をかけた。

「石五郎の奉公人かい」

男は憔悴しきった顔をあげ、

「そうです、留太といいます。この度は……」

といい、立ちあがって腰を折った。吉次郎の住まいにあった屍体はまちがいなく為五郎だったようだ。

「ちょいとみせてもらうぜ」

百合郎はいい、遺体にかぶせてあった筵をはいだ。

為五郎は痩せて小柄ではあるが、仕事柄か、吉治郎がいったように骨太の体つきをしていた。陽に焼けた顔は黒かった。手は節くれ立って掌の皮が厚い。爪に挟まっている、と玄庵がいった石の粉のようなものは、きれいに洗い取られていた。玄庵が取りだし、調べたのだろう。

瞼（まぶた）をひらいてみると、白っぽい黄色だった。

百合郎の横から、江依太が覗きこんでいた。

「幾つだったのだ」

百合郎が遺体に目を向けたまま聞いた。

「来年で還暦でした」

吉治郎は六十代半ば、といったが、百合郎にもそのようにみえた。

留太は屍体のそばに立ち、両手をあわせていたが、百合郎が襟に手をかけると、うしろを向き、土間の片隅にいって壁に手をついた。

腹は滅多刺しにされていたと聞いていたが、幾重にも晒（さらし）が巻かれ、その傷はみえなかった。

晒に血がついていないところをみると、柴田玄庵は傷口の血を洗い流し、詳しく検めたようだ。

「どう思う、江依太」

「単なる思いつきですが、滅多刺しの謎が解けたような気がします」

「なにが閃いた」

「腹になにかがあった。下手人はそれをわからなくしたかった」

「なにかとは」

「例えば胃の腑にできた腫れもの」

「なるほどなあ。だが、それを隠すことにどんな意味があるか、それがわからねえなあ」

「そうですね」

百合郎はうなずいて立ちあがり、留太に声をかけた。

「遺体を引き取るお許しがまだ出てねえのか」

「いえ、ほかの二人は、親方を家に連れ帰るための大八車を探しにいっています。あっしは親方を一人にしておくのが忍びなくて……」

百合郎が留太のそばにいき、あがり框に腰をおろさせた。

江依太が奥に消え、湯呑みに水を汲んできた。

土間は裏口につづいていて、奥には囚人の飯を作るための竈も、水甕もある。

江依太が湯呑みをおくと留太は頭をさげ、湯呑みを手にして水を一気にのんだ。

「ほかの役人にも聞かれただろうけど、おれの問いにも答えてくれ。面倒なのはわかるが」

「どうぞ。親方を殺した奴を捕まえるためなら、なんでも答えます」

「そのいいかただと、いま捕まっている岡っ引きの吉治郎は下手人ではない、と考えているのか」

「たかが石屋の奉公人にそんな難しいことはわかりません。ですが、お役人さまがいろいろお尋ねになるのでしたら、答えるのが務めかと……」

こいつは頭がいい、と百合郎は思った。江依太もおなじ思いだったようで、百合郎をみてうなずいた。

「昨日の夜中、吉治郎の住まいに為五郎がやってきて、怨みを晴らす、というようなことを叫んだらしいのだが、そのことについて、心あたりはないか」

「先ほどもお役人さまに聞かれ、そのあともずっと考えていたのですが、まったく思いあたりません。親方が吉治郎とかいうひとの名を口にするのを聞いた憶えもありません」

「為五郎はいつから山谷で石屋をやってるのだ」

「修行したのはほかの場所で、山谷で石五郎をはじめたのは二十八からだと聞いておりますから、三十二年ほどかと。あっしは親方について十八年ですから、そのまえのことは、よく知りません。苦労なすったようなのですが、親方は口の重い方で、しかも仕事ひと筋ですから。墓に彫る名の意匠などにゆき詰まると、ふらっと出かけて帰りは夕刻、などということもありました。ほんとうに石のことしか頭になかったのだと思います」

「家族はどうだ」

「あっしの知るかぎり、ずっと独り身を貫いておいでででしたが、むかしは女房持ちだったとか、兄弟子から聞いたことがあります。おかみさんがどうなったのかは知りません」

「その兄弟子というのは、近くにいるのか。話が聞きてえのだが」

「はい、石五郎の一町（約百九メートル）ほど北で石屋をやっている角十というのがそうです。あっしが弟子として入ったすぐあとに独り立ちしました」

「ほかに、為五郎と仲良くしていた石屋がいるなら教えてくれ」

「仲良くというのは……町で出会えば挨拶する程度のつきあいなら……」

留太がいった名を江依太が帳面に書き取った。

「昨日の夜中、為五郎が出かけたことに気づいたというようなことは」

「すみません。あっしら奉公人は、三人とも近所の長屋を借りてまして」

「昨日の昼間、為五郎のようすがおかしかったとか、そんなことに気づかなかったかい」

「そういわれれば……」

　留太はやや考え、いった。

「じっと石をみて考えこんでおられたのを、二、三度みかけました。でも、先ほどもいいましたが、親方は、考えこむと、半日も石に触らない日も、ふらっと出かけることもありましたので、気にはなりませんでした」

「為五郎は、怨みを晴らしに、夜中に一人、相手の住まいに乗りこむような人物だったろうか」

　留太はうつむき、しばらく黙った。

「怨んでいる者の住まいに夜中に乗りこむのがどんな人物なのか、あっしのような者にはわかりませんが、仕事には厳しい親方で、あっしが弟子に入ったころはよく殴られました。だけど、歳とともに弟子を殴ることもなくなりましたけど」

「そうか。ではもうひとつ聞かせてくれ。役人から、為五郎が殺された、と聞かされたとき、どう思った」

「信じられませんでした。親方の遺体を目のまえにしているいまでも信じられません」

「おいらからもひとついいかな」

江依太がいった。

留太が江依太に顔を向けた。初めてまともに江依太の顔をみたようで、口をあけて息をのんだ。化け物でもみたような顔をしている。もっとも、生き人形もある意味では化け物の範疇だといえなくもないが。

「ど、どうぞ……なんでも」

「為五郎さんは弟子思いでしたか」

留太は一瞬戸惑った顔をしたが、やがて落ち着き、いった。

「そりゃあもう。厳しいけど、それは弟子を思ってのことで、あんなに弟子の心配をしてくれている親方はいません」

「あんたはもう充分一人まえなのかな」

「いえいえ、まだ半人まえにもなっていません」

といい、寂しい笑いを浮かべた。

「もうひとつ、親方はなにか重い病に罹っていたとか、そんなことはないかな」

「いえ……気がつきませんでしたが……仮に病に罹っていたとしても、そのことを弟子に悟らせるような親方じゃありません。弟子が知るのは、きっと、仕事場で急にたおれるか、お亡くなりになったあとでしょう」

と留太がいったそのとき、大番屋の腰高障子ががらりとあき、

「兄い、荷車が調達できやした」

といって三十代と二十代の男が入ってきた。

留太は立ちあがり、

「では親方を連れて帰りますので、これで」

といって二人の男に命じ、為五郎が寝かされていた戸板を抱えて出ていった。

「さっきの問いはなんだ」

為五郎の遺体を荷車にのせた留太が引き返してきた。出入り口の外で腰を折り、腰高障子を閉めると、百合郎が聞いた。

「弟子思いの親方が、弟子が一人まえになるまえに怨みを晴らしにいき、殺されたのはなぜか、と思いましてね」

「腹が減っては頭も働かん。どこかで飯を食おう」

河岸の仕事は午まえで終わる。

近所の一膳飯屋は、暖簾をおろしているところも多かったが、あけている店もぽつんぽつんとあった。

百合郎と江依太はそこで午飯を食った。

「これからどうしますか。山谷にいきますか」

「いや。山谷は三人組に任せよう。藤尾さんは頼りにならねえが、明神下の海次は、吉治郎も一目おく岡っ引きだ。必要なことはつかんでくるはずだ」

「ではどこに」

「権丈の妾を捜す」

「え……」

「おめえの閃きに懸けてみようってわけだ。妾がいれば、おめえの疑問は忘れられるし、妾がいなかったら笠子屋と権丈を徹底的に洗う」

「ありがとうございます」

「礼をいわれるほどのことじゃねえ。吉治郎を救うには、正攻法ではなく、搦手から攻めたほうが近道のような気がしはじめたんだよ」

　自身番は、その町の、ひとの転入転出をすべて書き留めている。

「権丈などというお方は知りませんが……」

　先ほども百合郎と顔を会わせた霊厳島の自身番に勤める差配は、権丈という読売の書役を知らないか、と百合郎に尋ねられて首をかしげた。

「では、霊厳島町には妾宅がどれくらいある」

江戸では妾奉公といい、それを隠すことなどほとんどない。身のまわりの世話をする下女を旦那に雇ってもらい、堂々としたものだった。

「このあたりは芸者の置屋も多ございますが……」

霊厳島はもとは島だったが、まわりが埋め立てられて地面が揺れるところもあることから、このあたりの芸者を『蒟蒻島芸者』などと呼ぶ者もいる。

「旦那がついた芸者はこの島から出たいのか、妾宅は多くありません。読売の書屋の妾がいれば耳に入っているはずです。しかしそんな女は、少なくとも霊厳島町にはいません」

富島町、新四日市町、塩町、浜町、長崎町、銀町、川口町、東湊町と、町の自身番をくまなく廻った。

堀割筋は大きな商家や料理屋が軒を連ねていて、町人の住まいは裏に小ぢんまりと集まっている。霊厳島町自身番の差配がいったように、権丈がこの小さな島で妾を栫っていれば、だれかが知っているはずだ。それなのにだれも知らなかった。書屋の権丈の名を知っている者さえいなかった。

そしてだれもが、百合郎を役人だとみてとり、

「吉治郎親分はどうしていなさいますか。親分がひとを殺すなど、とんでもないことでございますよ」

と吉治郎の身を案じた。

「権丈のいったことは、口から出任せだったようですね」

「どうやらおめえの閃きがあたったようだな」

「ということは、吉治郎親分が起きだすまえに、事件を知っていた奴がいて、権丈を霊厳島にやった」

「そんなことができるのは、石屋の為五郎を殺した下手人しかいねえな」

第二章　吉治郎の娘お登世(とよ)

一

百合郎と江依太が奉行所に戻ると、大番所から娘が飛びだしてきた。

「雁木さま……」

叫ぶようにいって娘は百合郎の袖(そで)にしがみついた。

百合郎は一瞬だれだかわからなかったが、泣き腫(は)らした目をじっと百合郎に向けている顔をみていて、

「お登世(とよ)……か……」

思いだした。武家奉公をしていた吉治郎の娘だった。

「父には会わせられないと……だれも取りあってくれないのです」

「とにかく、座って話を聞こう」

お登世を大番所のなかに連れこみ、あがり框に座らせた。

「江依太、吉治郎の娘のお登世だ。こいつは、吉治郎の元で岡っ引き見習いをしている江依太」

江依太もお登世の名だけは聞いていた。

お登世をみて江依太は、行方知れずになっている父を思いだした。忘れていたわけではないが、吉治郎親分をどうやって助けるか、頭にはそれしかなかった。

お登世は、

「父がお世話になっております」

といって頭をさげた。武家奉公をしているためか、町人の娘の言葉使いではなかった。

「門番に頼んで、白湯をもらってくれ」

百合郎がいうと、江依太はすっと大番所を出ていき、すぐ戻ってきて、

「持ってきてくれるそうです」

といい、土間の壁に背を凭せかけて立った。

「父は元気にしておりますか」

「ああ。多少は落ちこんでいるようだが、元気だ。飯もしっかり食ってる。吉治

郎のことは心配するな。おれたちがかならず濡れ衣を晴らしてやる。伊三や金太、啓三も、真相をつかむために走り廻っている。

「そういっていただけると……心強いです」

「お屋敷はどうしたのだ」

「しばらく実家に戻っているよう、お暇をだされました。ご家老さまが読売をお読みになられたそうにございます」

吉治郎に住まいを安く売ってくれた隠居の口利きで、お登世は武家奉公をしていた。十五歳から勤めはじめてそろそろ三年になる。お宿さがりを命じられてもおかしくない年ごろだが、読売の記事が出なければ、祝福されてのお宿さがりが果たせたにちがいない。

書屋は歯牙にもかけないだろうが、読売はこのような不幸も作りだしている。

門番が盆に載せた白湯を運んできてくれた。

お登世は礼をいって湯呑みを手に取り、白湯をすすった。

「父に会うことはできませんか」

「会いたい気持ちはわかるが、奉行所の決まりで、会わせるわけにはいかねえのだ。だが、かならず会わせてやる。それまで待っててくれ」

お登世はじっと百合郎の顔をみていたが、やがてこくんとうなずくと、

「ではこれを……」

といい、湯呑みをおいて脇にあった風呂敷包みを差しだした。

「奉公先で習ったお裁縫で、父の着物を作ったのです。着替えとして差し入れてください。お願いします」

「わかった、あとでわたしておく。おめえのことも話しておくから」

と百合郎はいい、ふと、お宿さがりなら、これから暮らす場所が必要だ、と考えた。まだ血の飛び散ったままの住まいにやるわけにはいかない。

「江依太、おめえはお登世を連れて先に屋敷に戻り、おれがお登世の世話を頼んでいる、と母に伝えておいてくれ」

「はい」

江依太とお登世を見送ると、百合郎は筆頭同心の川添孫左衛門に会いにいった。

同心詰所に藤尾周之助もいたので川添の用部屋にきてもらい、

「吉治郎の住まいの後片づけをしてもよろしゅうございますか」

と聞いた。

川添も藤尾も、あの住まいの探索はすんだので、床板を取り替えてもいい、と

いってくれた。

「ところで、なにか進展はあったか」

川添が二人に尋ねた。

「為五郎の店の奉公人に留太、という男がいるのですが……」

藤尾は留太が話してくれた、兄弟子の角十に話を聞いた、といった。

「おれのまえに角十に話を聞きにきた者がいたらしいが、おめえの手の者か」

藤尾が百合郎に聞いた。

「吉治郎の配下でしょう」

藤尾はやや不愉快な顔をした。

「角十は為五郎が独り立ちして六年ほどたってから弟子入りして、おおよそ十年ほどいたと話してくれましたが、吉治郎の名を聞いたことはない、といっておりました。嘘を吐いているとは思えませんでしたが」

「為五郎には女房がいたと聞いたのですが、名などはわかりましたか」

百合郎がいった。

「なに、それはだれから聞いたのだ」

「留太からですが」

「なんだと、あの野郎、石のように無口な奴で、おれにはそんなことひとことも喋(しゃべ)らなかったぞ」

「おれに話したのではなく、独りごとのようでしたが……」

藤尾を立てた。

「そうか……」

おめえの手の者もつかんでいる話かもしれねえけどな、と藤尾は卑下(ひげ)したように断ってからいった。

「為五郎は頑固者で、つきあいも狭く、ずっと石ひと筋だったようだな。弟子のころの角十も住みこみではなかったので、師匠の夜のことは知らないといっていた。女郎買いをにおわせたので、突っ込んで聞いたら、とぼけやがった」

おめえの手の者は、角十がにおわせた女郎買いの話に気づくはずもねえが、と言外にいっているようだった。

吉治郎と為五郎のつながりは、藤尾もつかめなかったようだ。

『石が女みてえなもんだったんじゃねえですかね』

角十は最後にそういったという。

「そっちは……山谷にはこなかったようだが」

藤尾が百合郎をみていった。

「読売屋はなぜ、都合よくあの場所に居合わせたのか、江依太の野郎がそれを気にしてましたので、探ってみました」

藤尾は一瞬、興味を引かれたような顔をした。

あいつら、情報（ねた）探しに江戸中を駆けずり廻ってるんだ、偶然居合わせたに決まってるじゃねえか、くだらねえ、と藤尾なら歯牙にもかけないはずだと考えて話をきりだしたのに、興味を持った。百合郎はそれが気になり、

「なにもつかめませんでした。偶然でしょう」

と逃げ、藤尾が変わったのはいつごろからだろう、と考えた。百合郎には、出世欲のないのんびりした人物から、手柄を焦（あせ）る人物に変化したようにみえる。

藤尾は不審そうな目を百合郎に向けた。

はぐらかされた、と見抜いたのかもしれない。

「怨みを晴らしてやる、と吉治郎の住まいの玄関で叫んだ為五郎と吉治郎の接点がみつからないとは、どうも解（げ）せんなあ」

と川添はいい、腕を組んだ。

「それをみつけださないことには、吟味与力（ぎんみよりき）さまにはあげられんぞ。とにかく、

為五郎が吉治郎を怨んでいた事実を一刻も早くみつけてくれ。それが吉治郎が為五郎を殺した手証につながるかもしれぬでな」

藤尾は、また明日、といって屋敷に戻ったが、百合郎には、まだやることがあった。

「お登世がおめえに会いにきてな、これをおいていった」

と吉治郎に伝え、お登世に託された着物を牢屋格子のあいだから差し入れた。万にひとつ、ということもあるので、なにか牢破りの道具が着物に隠してないか調べたが、そんなものは襟からも裾からもみつからなかった。

風呂敷包みをひらいて着物をみた吉治郎が、着物をぐっと握りしめて涙ぐんだ。

「お屋敷から暇をだされたのですね」

おのれの所業のために娘が暇をだされたとわかれば、父親としてはいたたまれないだろう。

吉治郎は立ちあがり、牢屋のなかを歩き廻りはじめた。だがふたたび座り、着物を手に取った。

「おめえの住まいを片づけ、そこでおめえを待っていてもらうつもりだから、気をしっかり持つんだぜ。決して自棄を起こしちゃならねえぞ」

「なにからなにまで……」

吉治郎は着物を抱き締めて嗚咽をもらし、そのあとは言葉にならなかった。

「お登世になにか伝えることはないか」

「元気でいるとだけ」

「吉治郎、おめえ、まさか、為五郎を殺したかもしれない、などとおのれを疑いはじめたんじゃねえだろうな」

「なにせ、なにも憶えてねえものですから、どんなことでも起こり得たわけでして……」

「おめえは、為五郎を手にかけちゃいねえ。信じろ。てめえがてめえを疑ってどうする。おめえを信じていればこそ、伊三も啓三も、それに金太も、寝る間を惜しんで動き廻っているんじゃねえか。読売の書屋に対する江依太の怒りようなんぞ、おめえにみせてやりたかったぜ。淡々としているようにみえるあいつも、あんな情熱を秘めているとわかって、驚いた」

「どんなことが書かれていたのかはわかりませんが、あまり熱くなるな、と伝えておいてくだせえ」

「伝えておこう。ところで、懇意にしている大工はいないか。血の飛び散った床板を張り替えてもらいてえのだが」

吉治郎に大工を教えてもらったあと奉行所の右脇門をくぐると、大番所で伊三たち三人が待っていた。

百合郎の姿をみると立ちあがって腰を折った。

百合郎は大番所に入って三人に腰をおろすようにいい、刀を帯から抜いてあがり框に座った。

「なにかわかったか」

「為五郎の最初の弟子の角十という者をみつけたのですが、為五郎は頑固者で無口、ひとづきあいがほとんどなかったようですから、きょうのところは、親分との関わりは探りだせやせんでした」

情けなさそうな顔をして伊三がいった。

「藤尾さんは、若いころの為五郎が女遊びをしてたんじゃないか、と角十がにおわせた、と考えておられるようだが、その点はどうだ。もしもその時分に女がいたのなら、なにかを知ってるかもしれねえな」

「しかし、三十年近くもまえの話ですから、女もとうに五十を超えてるはずです。

もう生きていないかもしれませんね」

商売女の寿命が短いことは、朴念仁の百合郎の耳にも入っている。

生きているとしても、山谷やその近所で暮らしているかどうかもわからない。

故郷へ帰ってしまったとなれば、捜しようがない。

「あっしと金太は、近所の石屋を片っ端からあたってみたのですが、『そりゃあ、寄り合いとか、道端で顔をあわせれば挨拶くらいはするが、あのとっつぁんとは、石の話もあまりした記憶がねえなあ』そんな返辞ばかりで、埒があきませんでした」

看板描きの啓三がいった。

「そうか」

伊三たちが一日歩き廻れば、吉治郎との関わりが多少はみえてくる、と百合郎は考えていたのだが、甘かったようだ。

「親分はどうなすっておいでですか」

「元気だが、落ちこみはじめているように感じた」

百合郎はいい、お登世がお宿さがりを命ぜられたことなどを話した。

みなが黙りこんだ。

　伊三は涙を浮かべ、握りしめた手の甲でそれを拭った。

「このまま為五郎のつきあいを探ってもなにも出てきそうにねえのですが、つづけますかい」

　伊三がいった。

「どうしても為五郎と吉治郎のつながりをつかみてえ。駄目かもしれねえが、近所から浅草あたりの女郎屋を聞きこみ、そのころの女郎を捜してみてくれ。遣手になってるかもしれねえし、運がいい女なら、女郎屋の女将に納まってるかもしれねえ。もうひとつ、近所の医者にもあたってみてくれ。為五郎はなにか大きな病を得ていたのではないか、と江依太の奴がな」

「承知しました。手分けしてあたります」

　伊三がいった。

「伊三、おめえにはべつに頼みたいことがある」

「へい」

「笠子屋の権丈という書役に張りついてくれ」

　といい、その理由を話した。

「なるほど、それは妙でございますねえ。わかりました。任せておいてくだせえ。

ほかにも、親分の息のかかった者が数名おりますから、そいつらとも力をあわせて……」

伊三が頭をさげた。

吉治郎に教えられた大工の棟梁（とうりょう）、重宣（しげのぶ）方に寄って相談すると、

「いまはちょいと急ぎの仕事を引き受けておりますから、二、三日のうちに職人を入れて床板を張り替えさせましょう。いい腕の左官も知っておりますので、壁のほうもやっておきます。床板の張り替えは一日あればできますが、壁が乾くのに三日ほどかかりましょう」

と、なんの躊躇（ためら）いもなく引き受けてくれた。

人殺しの家なんぞやりたくねえ、と重宣が断るのではないか、と案じていた百合郎はやや拍子抜けがした。

「おめえは、吉治郎がひとを殺（あや）めた、とは思っていないのか。読売を読んだのだろう」

百合郎が聞くと重宣は、

「親分が石屋を殺めたかどうかは、あっしにはわかりません。だが、これだけは

いえます。もしも吉治郎親分がやったのなら、やむにやまれない事情があったはずです。なにもなくてひとを手にかけるような親分じゃありません」

と、迷いもなくいいきった。

二

次の日。

『笠子屋』の読売には、

『岡っ引き吉治郎の自作自演か』

との見出しがあり、為五郎が怨みをもって吉治郎を訪ねたのなら、吉治郎をなんとかするための得物を持参していたはずなのに、奉行所はそれをみつけてはいない。

石屋の為五郎は吉治郎親分の噂を聞きつけ、なにか相談しようと考えて吉治郎親分の住まいを訪れた。ところがその相談の内容が吉治郎親分の悪さを曝露する話にたまたまつながっていたので吉治郎親分は焦り、手近にあった包丁で滅多刺しにしたにちがいない。

その執拗な刺し方で吉治郎親分の怒りと焦りのほどがわかろうというものではないか。

などと、あることないことを盛りこみ、吉治郎を貶めるように書いてあったが、「そうとも考えられる」「だとも思える」「ではないか」などと文末がぼかしてあり、断定した文はなかった。すべてがでっちあげの捏造だが、町人の心をつかんで放さないだけの真実味はあった。

「為五郎が持ちこんだであろう得物などと、うまくでっちあげたものですね」

読売を丁寧に畳みながら、江依太がいった。

百合郎と江依太は出仕の途中、京橋の北詰にいた。朝の五つ刻（午前八時）まえだというのに、すでに読売の売り子が二人立っていて、町人に取り囲まれていた。

出仕届けをだした百合郎が、笠子屋を締めあげてやろう、と考えながら数寄屋橋をわたると、

「雁木の旦那」

看板描きの啓三が走り寄ってきた。

「どうした朝っぱらから、なにかあったのか」

「為五郎が馴染（なじ）みだった女郎をみつけました」

「なんだと」

　為五郎が馴染みだった女を捜せ、と頼んだのは昨夕のことだ。きょうから嗅（か）ぎ廻るつもりだろうと考えていた百合郎は、担がれているのではないか、と訝（いぶか）った。

「しかし……」

「女郎屋は夜のほうが聞き廻り易いと思いまして、昨日のうちに数軒。それがあたりました。ついてました」

　啓三はいったが、捜している相手を早々とみつけた笑顔ではなかった。

「どうした」

「為五郎が馴染みだったことは話してくれたのですが……」

「そうか。詳しい話を聞きてえのなら金をだせ、とこういわれたのか」

「そのとおりなんで……」

「それはなんとかする。それにしてもよくやってくれた。まさか、昨夜から動くとは思わなかった」

　さすがに吉治郎の配下だと思ったが、そうではなく、啓三という男に気働きが具（そな）わっているのだろう、と考え直した。

こいつは岡っ引きとしての素質を持っている。

為五郎の馴染みだった女郎はお嶋（しま）といったが、いまも女郎をつづけているわけではなく、むかし女郎として働いていた『奈月屋（なつきや）』の女将におさまっていた。

すでに五十歳は超えているだろうが、むかしは売れっこだったのだろうという妖艶（ようえん）さは失われていなかった。けれど、目にひとを蔑（さげす）むような光を宿していて、そのため底意地の悪そうな女狐（めぎつね）にみえる。

百合郎と江依太、啓三は、内証（ないしょう）にとおされていた。内証とは、女郎屋の事務所のような部屋だ。

お嶋は長火鉢に向かって座り、赤くて長い羅宇（らう）の煙管（キセル）で煙草（タバコ）を吸っていた。

背後の天井近くに大きな神棚があり、青々とした榊（さかき）が活けてあった。

二十人ほどいる女郎はまだ眠っているという。

「どんな話を聞かせてくれるんだ」

百合郎がいうと、お嶋は舌先で煙管の吸い口を弄（もてあそ）び、右手を差しだした。

「その掌（てのひら）にいくらのせるのかは、話の内容によるなあ」

「なにが知りたいんだね。為五郎のことならなんでも知ってるよ。あいつは、普段はむすっとして頑固、無口だったが、なぜかわたしの腹の上ではおしゃべりだったからね」

「殺されたのは知ってるか」

「女郎のとき、読み書きは憶えたからね。年季があけたあとのことを考えていたのさ。もっとも、死んだ亭主に惚れられて、年季があけないまま、きょうまできちまった気もするけどさ」

「為五郎を殺したと思われている岡っ引きに対して、怨みを晴らしてやる、と叫んでいたらしいのだが、それに心あたりはねえか」

お嶋がふたたび右手を差しだした。

百合郎は財布から一両を取りだし、お嶋の掌にのせた。だが、お嶋は手を引っこめようとはせず、顎をしゃくった。もう少しはずめ、ということらしい。

「そういえば、ここんとこしばらく警動の声がかかってねえなあ」

百合郎がいうとお嶋は舌打ちをし、

「役人というのは、まったく厭な連中だよ」

といい、雁首を煙草盆の吐月峰（灰吹き）に打ちつけた。

江戸で遊郭が官許されているのは新吉原だけで、ほかの女郎屋は黙認されているにすぎない。警動というのは、そういう女郎屋に対する一斉捜索のことで、それが入ると女郎はすべて連行され、女郎屋は廃業に追いこまれる。

連行された女郎は新吉原の遊女屋へ売り飛ばされるのである。

「怨みを晴らしてやる、という言葉に心あたりはねえか」

「ないねえ。だれかを怨んでるって話など聞いたことないよ。無口で頑固者だったけど、根は真っ正直で、他人を怨むようなひとじゃなかったし、怨まれるようなこともしていない、と断言できるよ。あんたらはひとを疑うのが商売だから、そんなことは信じない、と思うかもしれないけどさ」

お嶋は、若いころの為五郎に心を寄せていたのかもしれない。

「為五郎はずっと独り身をとおしていたのかね」

「若いとき……独り立ちしたころには女房がいたらしいね。男の子が生まれたということも聞いたけど」

「いまは女房子はいねえようだが、どうしたのだ」

「なんでも、息子を連れて年末の買いものに出かけていた女房が火事に巻きこまれて焼け死に、息子も行方がわからなくなったとか話していたね。だれかに話すと辛(つら)くなるからだれにも話さない、とかいってたけど、ここへくると布団にくるまって泣きながらよく話してたし、暇をみつけては息子を捜していたようだね」

「息子が焼け死んでないと、どうしてわかったのだろうか」

「屍体をみて廻ったらしいよ。子どもの屍体はなかったって」

「息子は幾つだったのだ」

「さあ、聞いたかもしれないけど……」

五歳にでもなっていれば、火消しに話して家に戻ってくる知恵もついているはずだから、まだ年端(としは)もいかなかったのだろう。

親切なひとに拾われて育てられたか、掠(さら)われて売られたとも考えられる。

「息子の名を憶えてるかい」

「もう三十年もまえの話だからね、忘れちまったよ」

三十年まえといえば、百合郎が生まれたころのことだ。百合郎には大むかしのように思われる。

「だれかを使って息子を捜していた、というようなことを為五郎から聞いたことはねえか」

「さあねえ」

お嶋の話はやや投げやりだが、嘘を吐いているふうにはみえなかった。

「為五郎はこの店に何年ほどかよってきていたのだ」

「そうねえ……」

お嶋は天井に目をやってやや考え、

「一年ちょっとだったかしらねえ。ある日、なんの挨拶もなくぷっつりとこなくなって、それっきり。山谷で石屋をやっていたのは知ってたけど、文を送ってきてもらうほどの情もなかったし、わたしのほうも、亭主に泣きつかれて女郎から身を引いちまったしねえ」

「そうか、邪魔したな。なにか思いだしたら、南の雁木につなぎをつけてくれ」

と百合郎はいい、立ちあがった。啓三も百合郎についていった。が、

「ちょいと……生き人形のようなお兄さん」

江依太はお嶋に呼びとめられた。

「なにか」

江依太が振り向くとお嶋は妙なしなを作り、

「あんた、わたしの情夫にならないかい。あんたが情夫になってくれたら、為五郎の息子の名を教えるけどねえ」

といった。

江依太はにっと笑い、

「為五郎の息子の名を教えてくれたら、情夫になってもようござんすよ」

といった。

「真之介」

お嶋がいった。

「こっちには、甚太という名だとわかってるんですがねえ」

江依太がいうと、お嶋が紅をべったりと引いた唇を尖らせ、

「あんた、なかなか食えないねえ」

といい、赤い煙管に煙草を詰め、火をつけた。

この遣り取りを襖の陰で聞いていた啓三は、
なるほど、吉治郎親分が江依太を褒めそやすのも無理はねえ、としきりに感心した。

「吉治郎が嵌められたのは、行方知れずの息子と関わりがあると思うか」

田原町の路地裏から浅草広小路の賑やかな通りに出ると、百合郎が江依太に尋

ねた。

百合郎と江依太、啓三の三人は、大川の畔に出て、川沿いの道を北に向かっていた。

「いまのところなんともいえません。考える手掛かりが少なすぎます」

「為五郎が残した書きつけに、なにか手掛かりがあるかもしれねえ」

きょうが為五郎の通夜か、葬式かは聞き忘れたが、遺体は昨日引き取っていったのだから、どちらかは行われるはずだ。どんな人物が顔をだすのか、百合郎はそれもたしかめておきたかった。

山谷堀に架かる今戸橋をわたると、看板描きの啓三は、

「では、あっしは金太をみつけ、医者捜しを手伝いますので」

といって走り去った。

石屋『石五郎』は二階家で、閉めきった雨戸に『忌中』の紙が貼りつけてあった。家のまえに石が五、六個放置されていたが、どれも一人や二人では動かせないほどの大きさで、盗まれる心配はないのだろう。

昨日茅場町の大番屋でちらっと見掛けた若者が、路地の入口に立っていて、路

地に入っていく初老の男に頭をさげていた。

若者のそばにいった百合郎が、

「きょうは葬式かね」

と尋ねた。

江依太は『石五郎』の近所に目を配っていた。

通りには石屋が並んでいたが、店のまえは寺の塀だった。その向こうの、新芽が出はじめた欅や椚、樫などの木に鴉の群れがきていて、騒がしく鳴いている。

鴉が鳴くのは不吉とされているが、不吉をとおり越したような、陽気な騒がしさだった。

振り向いた若者は、ふと、怪訝な顔をしたあと、ああ、というように口をひらいた。大番屋にいた役人だと気づいたようだ。

「いえ、きょうは通夜ですが、すでに弔問のお客もおみえです」

「線香をあげさせてもらってもかまわねえか」

「どうぞ」

江依太を促して路地をいくと、庭にあたる部分が石置き場になっていて、板塀の向こうに長屋の屋根がみえた。

石置き場の左手が母屋で、土間で立ち働いている留太の姿があった。

土間の先に暗い仕事場がみえていた。

顔をあげて百合郎をみとめた留太が、深々と腰を折った。

「線香をあげさせてもらいてえのだが、いいか」

「どうぞ。親方も喜びましょう」

といい、居間に案内してくれた。

居間はこざっぱりした部屋で、鴨居に白紙の提灯が十個ほどかかっているほかは、なにもなかった。

白装束の為五郎は布団に寝かされ、顔にも白い布がかけてあった。

胸で組まれた手のそばには、鞘に入ったままの九寸五分がおいてあった。枕元には高盛飯があり、線香立てには十数本の線香が薄い煙をあげていた。

職人や商人らしい弔問客が五、六人いた。入っていった百合郎をみて、なにやらひそひそ話をはじめた。やってきたのが役人だとわかったのだろう。

百合郎が線香をあげ、手をあわせた。

江依太は居間の入口あたりで両膝をつき、手をあわせていた。

「みてのとおり、おれは南の役人だ。こんな席で、とは思うが、為五郎親方を殺した下手人(げしゅにん)を捕まえてえのだ。話を聞かせてくれねえか」

　百合郎が振り向いていうと、商人らしい中年の男が、

「為五郎さんを殺したのは岡っ引きじゃないのですか」

と、やや険を含んだような声で聞いた。仲間の岡っ引きの肩を持つために、べつの下手人をでっちあげようとしている、とでも思ったのだろう。

「そうかもしれねえ。そうじゃねえかもしれねえ。というのも、どっちにしろ確たる手証がねえのだ」

　またひそひそ話がはじまった。

「為五郎が『おれは石屋の為五郎だ。怨みを晴らさせてもらうぞ』と叫んでいた、という話は、読売で知っていると思うが、これに心あたりのある者はいねえか」

四十代後半か五十代前半とみえる男が一人入ってきたが、居間の入口に立ってみていた。

　客は互いに顔を見合わせ、やがて首を振った。

「為五郎が岡っ引きの話をしているのを聞いた者は」

　無言。

「為五郎には女房と息子がいたらしいのだが、息子の名を知ってる者はいるか」

この問いにはみな驚いたようだった。だれも、女房子がいたことを知らなかったのだろう。この弔問は世間体だけを考えたもので、為五郎と深いつきあいをしていた者は皆無、ということだ。

職人風の男が、居間の入口に立っている男に目をやり、軽く頭をさげた。軽く頭をさげ返した男は頑固そうで、顎の張った、角張った顔つきをしていた。百合郎と目があった。

「邪魔したな」

といって百合郎は立ちあがり、男のそばにいこうとした。男は踵(きびす)を返し、土間から裏庭に出ていった。

逃げるつもりか、と考えた百合郎は急いで雪踏(せった)を突っかけた。追おうとして裏庭に出ると、大きな石のまえで、男が背を向けたまま立っているのがみえた。

腕組みをしている。

百合郎のあとから出てきた留太が、

「角十兄いです」

と男の正体を告げてくれた。

「なにか話したいことがあるようだな」

百合郎が話しかけると角十は振り向き、いった。

「先ほどみなさんにお尋ねになっていた、親方の息子の名を憶えております」

「おれの配下やほかの役人が聞きにいったときには、なにも知らない、といっていたそうだが……」

百合郎が石に腰をおろそうとすると、角十が袖を引き、いった。

「墓石になる石でございますから」

「すまねえ。つい……」

「あんときは、なにが起こってるのか、よくわからなかったものですから。よけいなことはいうまいと……」

「そうかい。で、為五郎の息子の名はなんというのだ」

「為吉(ためきち)」

教えられてみれば、だれでも考えつきそうな名だった。

「為五郎が女遊びをしているようだと、同僚に仄(ほの)めかしたようだな。それはお嶋のことか」

「お嶋……名までは忘れましたが、たしか、奈……なんとかいう屋号でした。もう廃業してるでしょう」

「屋号は『奈月屋』。為五郎の馴染みだったのは、お嶋という女郎で、いまは奈月屋の女将におさまっている」

「もうそこまでお調べがついてるんですかい。さすがはお町の旦那方ですねえ」

「運がよかっただけだ。ところで、為五郎の口から岡っ引きの吉治郎の名を聞いたことはねえか」

「忘れたのかもしれませんが、記憶にないですねえ」

　そのころ吉治郎は十五、六で、香具師(やし)の元締め、初代砂ケ瀬(すながせ)の六郎兵衛(ろくろべえ)に世話になっていた。その時分に吉治郎と為五郎とに関わりがあった、と考えるのは無理がある。

　関わりがあるとすれば、吉治郎が岡っ引きになってからのことだろう。

　裏者だった吉治郎に、百合郎の父、雁木彦兵衛(ひこべえ)が、こいつは岡っ引きに向いていると考え、『手札』を与えたのだという。吉治郎が二十代半ばのことだ。

　父が引退した七年まえから、吉治郎は百合郎についている。

「独り立ちしてからも、つい最近まで、為五郎親方にはなにかと相談にのってもらったのですが、吉治郎親分の名は一度も耳にしたことがありません」

「為五郎さんが、どこか患(わずら)っていたという話はどうですか」

そばにきていた江依太が尋ねた。

角十は驚いた顔をし、

「親方はどこか具合が悪かったのですか」

と、聞き返した。

「半人まえの弟子がいるのに、怨みを晴らしに吉治郎親分の住まいに出かけたのはどうしてかな、と思っただけでして。弟子思いの親方だって聞いてますから」

「なるほど……」

いった角十が石に目をやった。しばらく無言で石をみていたが、やがて江依太に顔を戻し、

「病の話は聞いていません」

と、暗い顔つきでいった。

母屋に戻り、

「為五郎が残した書きつけがあったらみせてほしい」

と頼むと、留太が二階に案内してくれた。

二階には六畳が二間あり、片方の六畳は寝間。もう片方は、墓石や石に刻む

意匠を考えるための仕事場に使っていたようで、畳半分ほどの卓に、硯箱（すずりばこ）や筆の入った竹筒などがおいてあった。卓の脇には、細紐（ほそひも）で十文字に縛られた厚さ一尺（約三十センチメートル）ほどの紙の束が十個ほど積み重ねてある。

五段の桐箪笥（きりたんす）もあった。

「いつもこういうふうにきちんと片づいているのかね」

百合郎が聞いた。

「頼まれて、変わった墓石の意匠を考えるときなどはそこいらじゅうに墓石の絵が散らばっているのですが、いつもはこんなふうでした」

「仕事ではなく、個人的な書きつけが入っている抽斗（ひきだし）とか、わかるか」

「わかりません。二階には滅多にあがりませんでしたし、呼ばれてきても、廊下で話を聞くだけでしたから」

「わかった。しばらくみさせてもらうぞ」

「どうぞ」

留太が階段を降りていった。

「いままで扱った事件で、こんなに多くの書きものが残っていたことはなかったな」

十の紙の束をまえに、百合郎がうんざりしたようにいった。

十文字に結ばれた細紐を解かずにめくると、ほとんどが墓石関連の書きつけだとわかった。

そこで百合郎は簞笥の抽斗をふたつならべて畳におき、江依太とみていった。

「ほとんど覚え書きですね」

「こっちは客と取り交わした約定だ」

一刻（おおよそ二時間）ほどかけてすべての抽斗をみたが、吉治郎に抱いていたと思われる怨みの内容はおろか、吉治郎の名さえみつからなかった。為吉の名が書かれた書きつけもなかった。

「もしかしたら、関わりのある書きつけは燃やしたか、捨てたのかもしれませんね。二十年ほど以前からの書きつけを残しているのに、なにもみつからないのは、却って不自然ですよ」

簞笥の抽斗をすべて元どおりに仕舞ったあと、寝間もみた。

為五郎はなにごとにもきちんとした性格だった。わかったのはそれだけだった。

「ちょっと腑に落ちませんねえ」

調べ終わったあと、江依太がいった。

「なにがだ」

「どこにも銭がありません」

「そういえばそうだな」

石屋の親方ともなれば、いつ何時金が必要になるかわからない。十両や二十両の金は用意しておいてしかるべきだろう。

「為五郎だけが知っている、金の隠し場所があるのかもしれんな」

「そんな話は聞いたことがありません」

留太はいったが、金の隠し場所をだれかに教えれば、隠したことにはならない。

「為吉という名に心あたりがあるか」

奉行所に戻ってきた百合郎が吉治郎に尋ねた。

「為吉……でございますか……」

といって吉治郎はしばらく考え、首を振った。

「どこかで出会ってるかもしれませんが、憶えがねえですねえ。だれですか」

「為五郎の息子らしい。母親に連れられた出先で火事に巻きこまれ、母親、つまり為五郎の女房は死に、火事場のどさくさで為吉は行方知れずになったらしいのだ」

「あっしにお聞きになるということは……それっきりというわけですかい」

「為五郎は捜していたようなのだがな」

「大人になって名を変えた為吉とあっしが関わっていた。そうも考えられますね」

「だれかに拾われ、そこで育てられたのなら、新しい名をつけてもらったのかもしれない」

そうなると、目のまえに為吉がいたとしても、だれにもわからない。本人さえもだ。

「お登世は元気にしておりますか」

「おれの屋敷にいる。心配するな。それに、おめえの住まいのほうも、棟梁の重宣がうまくやってくれている」

「なにからなにまで、ありがとう存じます。お登世のことはくれぐれもお願いします」

と吉治郎はいい、頭をさげた。

「よせよせ、これから刑場に引っ張っていかれるようないいかたをするんじゃねえ。おれが助けてやるといったら、かならず助ける。信じて待ってろ」

「へい……」

吉治郎は低い声で返辞はしたが、顔はあげなかった。

同心詰所にいった百合郎は、お嶋と角十から聞いたことを川添と藤尾に話した。

藤尾がいった。

「うむ……鍵は為吉だな。吉治郎は、話せば不利になると考え、隠してるにちげえねえぜ。為吉を探しだせれば吉治郎はぐうの音も出ねえはずだけどよ、三十年もまえに行方知れずになったとあっちゃあ、為吉を捜しだすのは難しいだろうな。となれば、吟味与力さまに申しあげ、石を抱かせて吐かせるか」

百合郎は、藤尾の言葉がべらんめえ口調に変わってきているのに気づいていた。定町廻りに慣れたといえばそれまでのことだが、変わるのが早すぎる。

「藤尾さんのほうは、なにか収穫がありましたか」

「読売の笠子屋を洗ってみたんだがよ、なんもねえ。権丈とかいう書屋、なかなかのもんだぜ。奉行所の中間や足軽から情報を買うんじゃなく、すべておのれの足で掻き集めた話で書いている、といってた。信用してもいいんじゃねえか」

「吉治郎の一件があったとき、なぜ現場にいきあわせたのか、お尋ねになりましたか」

「霊厳島に女を栫っているといっていたが、さもありなんだ」

霊厳島に権丈の女はいない、などと藤尾に教えるつもりはなかった。藤尾はなにかがちがってきている。とはいえ、為吉捜しには百合郎も興味があった。

為吉を捜しあてられれば、為五郎殺しの真相がわかる、という確信めいたものが芽生えはじめていたからである。

だが、三十年もまえに行方知れずになった子どもをどうやって捜せばいいというのだ。

三

退所し、数寄屋橋をわたっていく藤尾周之助のうしろ姿を百合郎が見送っていると、

「あっしに用がおありになるとか……江依太の野郎から聞きましたが」

残っている岡っ引きたちと大番所で話していた明神下の海次が、そこから出てきて百合郎の脇に立った。

藤尾の姿はみえなくなっていた。

「なに、大したこっちゃねえのだ」

海次が不審そうな顔をした。

「吉治郎の一件があったとき、藤尾さんとおめえたちは、霊厳島の自身番にいたそうだな。なんでも引ったくりを追いかけて霊厳島まで走ったとか」

海次がじっと百合郎に目を注いだ。目は、なんでそんなことを聞くのだ、と語っている。

「へい。あの日、数寄屋橋をわたりきったとき、助左衛門（すけざえもん）屋敷の脇で若い男が中年の女から風呂敷包みを引ったくるのを目にしやして、追いかけました。男はまっすぐ東に走り、霊厳島に逃げこみやしたが、すばしっこい野郎で、取り逃がしてしまいました。自身番で茶でももらってから、町廻りに向かおうということになりまして……」

藤尾のいったことは嘘ではなかった。

「そうか」

「それがどうかしましたか」

「いや、なんでもねえのだ。町廻りは南の方なのに、なぜあんな場所にいたのか、それが気になっていたのだ。おめえの話で納得がいった」

とはいったが、なにか釈然(しゃくぜん)としなかった。

「そうですかい、では……」

といい、数寄屋橋御門の門番に挨拶した海次は、橋をわたっていった。

いまの話を海次が伝えれば、藤尾は怒りまくるだろうが、それも仕方がない。

藤尾周之助は、大富町(おおとみちょう)の船宿で猪牙舟(ちょきぶね)を雇い、島田町(しまだちょう)までいくようにいいつけた。

深川の島田町はその名のとおり島で、この島にはふたつの小さな橋しか架かっていない。島の真ん中に武家屋敷があるが、ほかは深閑(しんかん)としていて、こんもりとした林のなかに隠居所や別宅が数多くあった。

元は札差だった蘇枋(すおう)の隠居所もここにあった。

総檜(そうひのき)造りだが、まわりは孟宗竹(もうそうちく)の柵が張りめぐらされ、椚や欅の屋敷林が目隠しになっている。冬は樹々の葉は落ちるのだが枝が茂っているため、ぼんやりとした佇まいをみせる。

筑後橋のたもとで猪牙舟をおりた藤尾周之助は、迷うことなく蘇枋の隠居所の扉を押しあけた。

「雁木百合郎は、為五郎の息子の名を突きとめました。笠子屋の書屋、権丈にも疑いの目を向けているようです。奉行所でもつかんでいないことを書きまくるのを怪しんでいるようです」

蘇枋と対峙した藤尾がいった。

いつものように、蘇枋の横には平野平左衛門がぴたりと寄り添い、藤尾周之助がわずかでも妙な動きをすれば瞬時に斬り捨てる、という目つきで睨みつけていた。

藤尾が蘇枋と知りあったのは十日ほどまえだが、ここにきたのは二度目だった。

蘇枋と会うこの部屋は八畳ほどの広さで、床の間の掛け軸のほかは、なにもなかった。

「為五郎殺しの下手人として、吉治郎を獄門台に送る手筈は整いつつあるのでしような」

「ゆっくり、世間を煽りながらでいいとおっしゃいましたので、着々と」

「それでよろしゅうございますとも。楽しみにしておりますよ」

と蘇枋はいい、懐から二十五両の包みを取りだして藤尾のまえにおいた。

「五日ほどたったら、進捗状況をお知らせください」

「承知しました。次はなにかいい知らせを持参します」

二十五両の包みを懐に入れた藤尾は軽く会釈をし、立ちあがって部屋を出ていった。

しばらくすると、風太郎がのっそりと部屋に入ってきた。

風太郎は蘇枋のまえに胡座をかき、

「ちっ」

と、立ち去った藤尾がまだみえているような目つきで舌打ちした。

風太郎が蘇枋と出会ったのは一年半ほどまえのことだ。

医者に、

「残念ながら、わしの見立てではどこが悪いのかはわからぬが、その顔色と痩せ方では、早晩死ぬ」

と匙を投げられ自棄になっていた。

そこで町角に立ち、十粒の大豆を天高く放りあげた。

大豆があたった通行人をみな殺しにしようと考えたのである。

あたったのは、どこかの大店の隠居らしい老人だった。

風太郎は躊躇うことなく九寸五分を右脇にかまえ、老人に襲いかかっていった。

腹に突き刺さった、と風太郎が思った刹那、九寸五分は空に弾かれていた。

風太郎は気づかなかったが、老人の脇にいた浪人は用心棒だったようで、その用心棒が返す刀で風太郎を上段から斬りおろそうとしていた。

「待て」

老人がとめた。そうでなければ、風太郎は真二つに斬り割られていたはずだ。

「わしに怨みでもあるのか」

老人が興味深そうな顔で尋ねた。

「おれは病を得ている。もうすぐ死ぬ。だから、死ぬまえに派手なことをして死にたかった。大豆を十個空中に放り投げ、それにあたった連中を次々に殺そうと決心していたのだ。それなら読売が喜んでおれのことを書いてくれるだろうからな。有名になって死ねる」

といったが、本心かどうかはわからない。思いつきだったような気もする。だが、医者にいつ死ぬかわからない、といわれて、自棄になっていたことはまちがいない。

老人はしばらく風太郎の顔をみていたが、やがてうなずき、いった。

「使えるかもしれぬ。名はなんという」

「風太郎」

「風太郎。おまえが人を殺せば、両親も罪に問われることになるぞ。それは考えたのか」

「親きょうだいはいない」

「それならわしのところにこないか。おまえはなかなかおもしろいことを考える頭を持っているようだ」

風太郎はしばらく考えていたが、やがて聞いた。

「使えるかもしれぬ、といったようだが、なにかやらせたいことでもあるのか」

「いま、幼馴染みとある賭けをやる話が整いつつあるのだが、その話に、おまえの頭が使えるかもしれぬ」

老人は用心棒を従え、歩きだした。ついてきてもこなくてもいい、というような態度だった。

風太郎は、ほかにやることもないし、死ぬまでおもしろおかしくすごせればなんでもいいと考え、老人、つまり蘇枋についていった。

大豆にあたった人物を殺そうという気もなくなっていた。


半年ももたないと考えていた命も、あれから一年半も生きながらえている。

風太郎も、いまのところ体が重い、と感じるだけで、体のどこかが痛むというわけではない。ただ、七日か、十日に一度、高熱を発して寝込むことがある。

医者からもらっている薬は、そのための熱冷ましだけだ。


藤尾とわたりをつけたのは、風太郎だった。

石屋の為五郎から話を聞き、その話が大いに気に入って引き受けた蘇枋が、

「この計略をおもしろおかしくするためには、どうしても奉行所に飼い犬が一匹ほしいな」

といって風太郎をみた。

風太郎は、おのれでもまったく気づいていなかったことだが、案外人捜しがう

まい。

石屋の為五郎の頼みで、定町廻り同心の雁木百合郎と岡っ引きの吉治郎を尾け廻しているとき、藤尾周之助というちょうど手ごろなのが目にとまった。

手柄は欲しいがその才覚はなく、定町廻りのくせして、どこのお店にも出入りを許されていない。

岡っ引きに金をつかませて噂を聞くと、

「なに、出世欲がなく、おっとりしたお方だぜ」

という。だが、風太郎は、何日か藤尾を尾け廻すうちに、おっとりの裏に潜む、出世欲を見抜いた。

こういう才覚も風太郎にはあった。

声をかけると、最初は躊躇っていたが、奉行所内の話を流してくれるだけで、月に二十五両を払うというと、途端に不機嫌な顔をした。

「それならほかを……」

風太郎があっさり引きさがりかけると、

「待て、そう慌てるな。詳しい話を聞こうではないか」

とのってきた。

それで蘇枋に会わせ、金を遣って吉治郎を罪に陥れる役を与えたが、それもままならないくせに、ほんの十日ほどで、すっかり大物気取りになっている。

金がないときは、おのれを小心者の善人としてまわりに売りこんでいたが、多少懐が温かくなると、ひとを見下すようになった。

それほどの阿呆だとは風太郎も見抜けなかった。

為五郎の一件が終わったらお払い箱の藤尾だが、あとはどうなるのか、風太郎の知ったこっちゃない。

「為吉の名をみつけるのが、こちらの予想より早かったな。どうやら、少々鬼瓦を甘くみていたようだ」

蘇枋がいった。

「まあいい。あれもすぐみつかる。そうなれば、鬼瓦も、窮地に陥るだろうからな」

「そんな手間暇掛けずに、おれに任せれば、目を瞑ってあけたときにはもう片がついておるのに」

平野平左衛門が薄笑いを浮かべていった。

平野は九州のほうの元藩士で、寝取って駆け落ちした同僚の奥方が旅の途中で

病死した。それからというもの、

「人生などどうでもよい」

と考えるようになったのだという。

同僚からは妻の敵として追われ、妻の実家は藩の重役で、そこからも追っ手が差し向けられている。

本人は、

「追っ手を斬り殺さない日は、なんとなくもの足りぬ……」

と嘯いているが、案外本心かもしれない。というのも、おのれより腕の立つ者を斬り殺す瞬間ほど、

「生きているのを実感することはないのだ。これに勝るものはない」

風太郎の目のまえで追っ手を二人斬り殺したあと、このように独りごちたのを風太郎は耳にしたことがある。

近ごろは追っ手の姿もみなくなっているので、斬る相手もいなく、

「つまらんなあ……」

というのが口癖だ。

「追っ手がいなくなると、こう……殺戮者に追われる、ひりひりした感覚を味わ

えぬ」

などとも愚痴る。

人殺しが無情の喜びであることなどは理解できないが、いまだけを生きる、というのは、いつ死ぬかわからない風太郎の身ではわからないでもない。

蘇枋と平野平左衛門とがどこでどう知りあったのか、風太郎は聞いたことがないが、風太郎が蘇枋を殺そうとしたとき、平野はすでに蘇枋の用心棒だった。

蘇枋のためにどれほどの人数を斬り殺しているのかは知らない。だが蘇枋が、あいつは邪魔だな、といった御家人は、二日後には屍体が大川に浮いていた。

「鬼瓦という同心、為五郎の敵なら、おれが殺してもよいのではないか。殺させてくれぬか」

「吉治郎と鬼瓦を苦しめてから獄門台に送る、というのが石屋の為五郎の望みでしたから。それに、ある仕掛けも施しましたので、まあ、結果をご覧じろですよ、平野さま」

風太郎が口にした、ある仕掛け、とは、風呂敷のことだ。

その風呂敷は、風太郎が鬼瓦の母親を尾行し、風呂敷に包まれた進物を届けた先に押し入って盗んできたものだ。

『雁木』の名が染め抜かれている。

「ところで……輪廻寺のほうはどうなっておる。文は投げこまれておるか」

北町奉行所の息のかかった連中が探りにきて、本堂にしばらく泊まりこんでいた。だが酒と博奕三昧で、張りこみといえるほどの緊張感はなかった。

風太郎は本堂裏手の林のなかに身を隠してみていた。

連中は十日もすると引きあげ、いまは見廻りにやってくる者もいない。

捻木の三五郎の話は嘘だと決めつけられたようだ。

「二、三日うちにたしかめてきます」

風太郎がいった。

「読売もしばらくは風呂敷騒動で忙しくなるだろうから、そう焦らなくてもいい」

蘇枋はいって笑った。

屋敷に戻った藤尾は、両手をついた妻に恭しく出迎えられたが、妻の本心がそこにないことは充分承知している。

妻の目に感情がないことでもそれはわかる。妻は、藤尾になんの期待もしていないのだ。

「父上のようになっては駄目ですよ。あなたは頭がよいのですから、筆頭同心を目指しなさい」

湯からあがったとき藤尾は、妻が息子の周太郎（しゅうたろう）にいい含めているのを耳にしたことがある。

そのことがあってから、藤尾が、

「非番だから釣りにでもいくか」

と周太郎を誘っても、

「学問所にいかなければなりませんから」

と断り、

「はい」

といったことはない。

十歳になるころまでは釣りが大好きだったのに、と藤尾は遣（や）る瀬（せ）ない思いをしている。

藤尾は妻の膝のまえに二十五両の包みをおき、

「大店に出入りを許された。とっておきなさい」

といって自室に入った。

大店が定町廻り同心の出入りを許すのは、なにかあったときの尻拭いをさせるためだから、賄賂も発生する。

妻もそのことを知らないわけではなかったが、それでも不審そうな顔で二十五両の包みに目をやっていた。やがて、恐ろしいものでもみるような目を、藤尾の自室に向けた。

その目を二十五両の包みに戻し、しばらくみてから拾いあげ、懐に入れた。

妻の顔は元の無表情に戻っていた。

第三章　雁木百合郎入牢

一

次の日の朝。

百合郎と江依太が出仕すると、大番所で百合郎を待っていた者がいた。

「あっしは、棟梁重宣の元で働いている大工で、仁平といいます。雁木百合郎の旦那でございますね」

大番所に屯している岡っ引きに教えてもらったのだという。

百合郎が、そうだというと、仁平は頭をさげていった。

「親方が、吉治郎親分の住まいまでお越し願いたいと……」

「なにがあったのだ」

「それは親方がお話しになるそうです」

重宣に口止めされているようだ。

「わかった。出仕届けをだしてくるから、待っていてくれ」

百合郎が出仕届けをだし、江依太とともに仁平のあとについていくと、吉治郎の住まいには重宣とその配下の大工らしいのが三人、所在なさげに待っていた。

床板は剝がしたままで、根太が剝きだしになっていた。

「なにがあった」

「どうぞ、床下をみてください」

重宣がいうと、若い者が手元にあった行燈をかざした。

百合郎と江依太が床下を覗きこんだ。

結び目にどす黒いものがこびりついた風呂敷包みがおいてあった。

「なんだ」

「床を剝がしているとき、こいつがみつけまして……」

と重宣はいい、中年の痩せた男に顎をしゃくった。

「持ちあげようとしたら重くて、包まれているのは、どうやら小判らしい、と思ったものですから……」

中年がいった。

「そういうので、あっしも触ってみたところ、小判にまちげえねえようなので、仁平を奉行所に走らせたようなわけでして……」

百合郎と江依太が顔を見合わせた。

江依太が腰を折って根太に左掌（てのひら）をつき、どす黒いものに触らないように、風呂敷包みを持ちあげた。

「重てえ……」

といい、土間にどさりとおいた。ぎゃりっと音がした。

江依太が顔をあげ、百合郎をみた。

職人たちも興味深そうに包みに目をやっている。

「結び目にこびりついているのは血のようだな。できるだけそいつに触らないようにあけてみろ」

命じられた江依太が、慎重に風呂敷包みの縛り口を解いた。途端、包まれていた小判がざらっとこぼれた。

「あっ……」

江依太が驚いたのは、包まれていたものが小判だけではなかったからだ。

「これは……」

江依太が手にしたのは鑿(のみ)だった。

「石工用の鑿でございますね」

重宣がいった。

百合郎にも江依太にも、その鑿がなにを意味するのか瞬時にわかった。

為五郎が持ちこんだ得物(えもの)だ。

百合郎や江依太からいわせれば、為五郎が持ちこんだと世間に思わせたい下手人(げしゅにん)がおいた得物だ。

だが、百合郎の目はすでに鑿からはなれていた。

百合郎は屈(かが)みこみ、しわになっている風呂敷の端を伸ばした。

「旦那……」

江依太がいった。

「どういうことですか」

風呂敷の端には『雁木』の名が染め抜かれ、半分血で汚れていた。

「おれにもわからねえ……」

とはいったが、風呂敷にはたしかに見覚えがあった。雁木の家で使っているものにまちがいない。

雁木の家では、名を染め抜かせた風呂敷を、年末に五十枚注文し、それを進物や年賀に使ったりしている。高級品ではないが、かといって安物でもない。

百合郎は、小判を包んだ雁木の風呂敷がなぜこんなところにあるのか、まったくわからなかった。なにか厭な予感がして背筋が冷たくなった。

百合郎が考えているあいだに江依太が小判を数えた。

「三百二十九両あります」

一両はおおよそ十八グラムなので、三百二十九枚といえば、約六キログラムだ。

「包み直せ。奉行所に持ち帰る」

「ここはどうしやすか。このまま作業をつづけてもよろしゅうございますか」

重宣が聞いた。

「つづけてくれ」

百合郎はいい残し、小判の風呂敷包みを抱えあげた。

「それはなんだ」

同心詰所にいた藤尾周之助が、百合郎が抱えている風呂敷包みをみて不審そうな顔をした。

「藤尾さまにも聞いていただきたいことがあります」

と百合郎はいい、用部屋にいるはずの筆頭同心川添孫左衛門に声をかけた。

川添に事情を話して小判をみせると、

「これはどういうことだ……」

と、困惑した表情を浮かべた。

藤尾も腕を組んで考えている。

だれもしゃべらなかった。

突然藤尾がいった。

「こういうことか雁木。おまえと吉治郎は不正な手段でこの三百両を手に入れた。それを為五郎に知られた。為五郎に強請(ゆす)られたのかもしれねえ。そこで為五郎を呼びだし、二人して殺した。三百両は、元々吉治郎の住まいの床下に隠してあったのだろうが、為五郎が持参した得物を隠すために、血のついた手で風呂敷をほどいたのだろう」

「どうして為五郎の得物を隠すのですか。為五郎は、恨みを晴らさせてもらう、と叫んでいます。それが本心なら、得物を持参したのは充分考えられるのですから、隠す必要はありませんよ」

「事件を混乱させ、おまえと吉治郎から世間の目を逸らすためじゃないのか。現に、あることないこと、読売が書きまくっている。読売の情報元もおめえなら、それも筋がとおる」

興味深そうな顔で川添が百合郎をみた。

「吉治郎の住まいの床板を張り替えるように、重宣に頼んだのはわたしですよ。もし、わたしがあそこの床下に金を隠していたのなら、大工たちが床板を剝がすまえに、隠し場所を変えるでしょう」

「それだよ。隠し場所を変えなかったから、おれは下手人ではない、と奉行所に信じこませるため、故意に変えなかったのだろう。だが、おまえの唯一の手抜かりは、雁木の名が染めてある風呂敷を使ったことだ。たぶん、吉治郎といっしょにどこからか三百両をくすねたとき、つい懐にあったのを使ったのだろうが、それをすっかり忘れていた。そうだろう雁木」

百合郎にはとんだ屁理屈にしか聞こえないが、川添の目つきから、百合郎を疑いはじめたのがみてとれた。

「それなら、なぜ血染めの吉治郎を人目にさらすような真似をしたのですか。夜中に屍体を運びだし、掘割に投げこむ方が手っ取り早いじゃないですか」

「そんなことでおれをいいくるめられるとでも思ってるのか」

藤尾は勝ち誇ったようにいった。

「血染めの吉治郎を人目に晒したり、為五郎の屍体をみつけさせたのにも、なにか企みがあったのだろうが、いまここですべてを解き明かすことはできねえ。だがな、かならず真相を暴いてやる」

といって藤尾は川添に目をやり、

「こいつを野放しにしておくと、どんな邪魔をされるかわかりません。おれが真相を突きとめるまで、牢屋に押しこめておいてください」

と、とんでもないことをいった。

「牢屋とまではいかぬが、しばらく屋敷に謹慎していてもらうぞ。きょうはもう帰れ」

謹慎なら屋敷を抜けだし、化粧師の直次郎に変装を頼めば、動き廻っても、発覚する恐れはない。

「それではなんにもなりません。岡っ引き見習いの江依太は、こいつの親戚で、おなじ屋敷に暮らしてるんですよ。雁木の手足同然です。ほかにも吉治郎の配下がいるのですから、おれの邪魔をするのには充分でしょう」

　といって藤尾は膝をのりだし、

「こいつを牢屋に押しこめておいてくだされば、真相を突きとめてみせます」

「しかし、なんの手証もないまま、同心を牢屋にはなあ……」

「そうですか。わかりました。このままでは雁木に邪魔をされ、この一件は解決しないでしょうが、そうなったらお奉行さまに、川添さまの優柔不断さを……」

「わかった。五日待とう」

「川添さま……」

　百合郎がいった。

「だが……」

　川添が藤尾を睨みつけ、

「この一件が五日以内に解決しないときは、ほかの部署に異動してもらうぞ、よいな」

　といった。優柔不断といわれたことで、怒りと恥辱を覚えたのだろう。

　川添が多少優柔不断なことは定町廻りならだれでも知っているが、それを口にする者はいない。藤尾は、知っていてもだれもいわないことを、本人のまえでいったのだ。

「五日では短すぎます。せめて十日」

「ならん、五日だ」

「それなら、せめて、成りゆきで……」

藤尾のこの押しの強さはどこから湧き出てきたのだろうか、と百合郎は考えていた。

ついこのあいだまでは、のんびりしていて出世欲もなく、ましてや上司に楯突くなど考えられないような人物だった。

川添は藤尾の顔をみていたが、その顔を百合郎に移し、

「十手と刀をあずかる」

といった。

百合郎は渋々大小をわたした。十手、大小の両刀を受け取った川添は、それを刀掛けに掛け、自ら、奉行所の囚人置場に百合郎を連れていった。

「藤尾さんのいうことを信用なさるのですか。藤尾さんだけに任せておいたら、吉治郎は獄門台に送られます。おれにもやらせてください」

川添はそれには答えず、

「彦兵衛どのにはわしから事情を話しておく。そっちの心配はするな」

といい、牢屋同心に、

「この者を押しこめておくようにな」

といった。

「川添さま、これはなにかの冗談でございますか」

百合郎とは知りあいの牢屋同心が聞いた。

「余計なことはいうな。黙って押しこめておけばいい。お奉行へは、わしから話をとおしておく」

川添は吐き捨て、さっさと踵を返した。

その背中に百合郎は、

「父上には、なにもするな、とお伝えください」

といったが、川添は振り返りもしなかった。

百合郎はなにか腑に落ちないものを覚えていた。たしかに、藤尾がいったように川添は多少優柔不断ではあるがそれは慎重なだけで、かなりな切れ者だ。そうでなくては筆頭同心など務まらない。

「そのお声は、もしや雁木の旦那では」

町人牢から、吉治郎の声が聞こえた。

「そうだが、なにかのまちがいだ」

町人牢のまえをとおる百合郎の姿をみた吉治郎は、

「どうなすったのですか」

と叫んだ。

「静かにせんと、猿轡を咬ませるぞ」

百合郎についていた牢屋同心が叱った。

「旦那……なんてこと……」

吉治郎の声は悲痛に沈んでいた。


大番所に立ち寄った川添孫左衛門は、なかにいた江依太を外に呼びだし、

「雁木百合郎は、石屋の為五郎殺しに関わった件で、しばらく牢屋に押しこめておくことになった。おまえも、屋敷に戻って外歩きは控えろ。はっきりいうておくが、雁木を助けるために動き廻るようなことは決してするな。よいな」

といった。

「雁木の旦那を牢屋に閉じこめたって……百合郎さまが為五郎殺しに関わったと

いう手証でも出たのですか」

江依太は叫んだが、川添は黙って右脇門から姿を消した。

まだ大番所に残っていた岡っ引きが五、六人、なにごとかと顔を覗かせた。そのなかには明神下の海次も小三もいた。

呆然と立ち尽くしている江依太に海次が近づき、尋ねた。

「なにがあったのだ」

「なにがあったのかはわからねえが……」

と江依太がいいかけたとき、藤尾周之助が脇門から出てきて、

「雁木百合郎なら、吉治郎と結託して為五郎を殺した嫌疑で、囚人置場へ押しこめられた。手証はおれがみつけてやる」

と、岡っ引きたちをみていった。そのあとすぐ江依太に目を移し、

「奉行所に内緒で嗅ぎ廻ったりすると、おめえも縛っ引くからな。さっさと屋敷に戻って、おとなしくしてろ」

と、下卑た笑いを浮かべながら江依太にいった。

江依太は睨み返したが、効果はなかった。

藤尾が海次と小三を連れて数寄屋橋をわたっていくのをみた江依太は、

「だれか、おいらに手を貸してくれるお方はおられませんか」

と、大番所に屯している岡っ引きに声を掛けたが、牢屋に押しこめられている同心つきの、しかも岡っ引き見習いに手を貸そうとする者はいなかった。

当然だろう。そんなことをすれば、おのれも火の粉をかぶることになる。

だが江依太は、このまま屋敷に戻り、百合郎の無実が証明されるまで手をこまぬいているつもりはなかった。

それに、川添孫左衛門の、雁木を助けるために動き廻るようなことは決してするな、と執拗ともいえる忠告が気になった。

あれではまるで、密かに動け、と鎌をかけているようなものではないか。けれども、そんなことには関わりなく、吉治郎も収監されているいま、百合郎の無実を証明できるのはおいらしかいない、と決心した。

鋳掛屋の伊三も、傘骨買の金太も、看板描きの啓三も、気のいい連中で目端は利くが、十手はもらっていない。十手を持っている仲間がいなければ、なにかを隠している相手にあと一歩踏みこむのは難しい。

「くそう……」

地面を蹴った拍子に、ある岡っ引きのことを思いだした。

「作造……」

作造の長屋へいこうとして数寄屋橋をわたると、お堀沿いを北の方から、伊三と金太、啓三の三人が足早にやってくるのがみえた。

「江依太、急ぎなら、おれたちも手伝うぞ」

伊三がいった。いつもくっついている雁木百合郎がそばにいなかったので、百合郎からなにか急ぎの仕事をたのまれた、と思ったようだ。

「いいところにきてくれました」

といい、百合郎が牢屋へ押しこめられた話をすると、

「そんな無茶な話があるか」

三人は憤った。が、伊三は急に力を落とし、

「雁木の旦那がいなさらねえのでは、どうにもならねえぜ。おれたちは岡っ引きでもねえのだからな」

と泣きごとをいった。

「それにはちょっとした考えがありますが、医者の方はどうでした」

「駄目だ。為五郎が医者にかかっていたとしても、まだ捜しあてられねえ」

「では、金太さんと啓三さんは、引きつづき医者捜しをお願いします。権丈の方

はどうですか」

伊三は、権丈に張りついていたはずだ。

「いろいろと動き廻っちゃいるが、怪しい動きはねえ。権丈が聞いたあとをたどっているが、吉治郎親分と石屋の関わりを探っているだけだ。いま、親分の息のかかった連中が三人、張りついている」

もしかすると、尾行が知られているのかもしれない、と思ったが、口にはしなかった。みんな必死にやっている。

「では、啓三さんと金太さんは引きつづき医者を捜すとして、伊三さんは、橋本町までおいらにつきあってください」

江依太がいうと、伊三は怪訝な顔をした。

二

「作造さん、いなさりますか。おいらです。雁木の旦那についている岡っ引き見習いの江依太です」

声をかけたが返辞はなかった。

この割長屋が作造の住まいだとは知っていたが、いまもこの長屋で暮らしているのかどうかはわからない。

腰高障子に張られた紙は黄ばみ、ところどころ破れていた。修繕した跡もない。空店（あきだな）なら雨戸が閉まっているはずだから、だれかが暮らしていることはまちがいない。

江依太と伊三は顔を見合わせた。

「入りますよ」

江戸の長屋の腰高障子に錠前はない。部屋にいるときの用心として心張り棒をかけることはあるが、それも近所に泥棒が入ったようなときだけ、という程度で、不用心といえば不用心だ。が、盗みに入っても金目のものなどない。それが大方の町人の暮らしであった。

腰高障子をあけるのにひと苦労した。敷居が痩せ細り、障子の溝（みぞ）がでこぼこになっていたからだ。

汗と酒と小便の入り混じったような悪臭が江依太の鼻を突き、吐き気がした。

部屋は六畳で自前の畳が敷いてあった。正面の障子から入ってくる薄明かりに照らされ、煎餅（せんべい）布団に丸まっている人影がみえた。後頭部をみせている。月代（さかやき）は伸び、髷も崩れていた。が、うしろ姿には見覚えがあった。

まちがいなく作造だ。

枕は転がっているが、ほかには、散らかるほどのものはなかった。

その代わり、土間は塵芥捨場のようになっていた。

江依太は雪踏を脱ぎ、手拭いで足を拭ってから部屋にあがった。

「酷えな……」

ぶつぶついいながら伊三もついてきた。

「作造さん、起きてくだせえ。もう陽も高いですよ」

伊三が煎餅布団を引き剝がした。むかつくようなにおいが立ちのぼった。

枕の脇に一升入りの貧乏徳利が転がっていた。江依太が手に取り、振ってみたが、酒は残っていなかった。

「作造さん」

肩に手をかけて揺すった。

「う……むむ……」

江依太の手を、作造が無雑作に払った。

「だれだ」

目を瞑ったまま聞いた。声が嗄れ、無精髭に覆われている顔が土気色をしていた。

「江依太です。起きてください。話があるんです」

「江依太……だと……」

作造は落ち窪んだ目をゆっくりとあけ、濁った目だけを動かして江依太と伊三をみた。

瘦せて頰骨が突きだし、乱れた襟からみえる肋骨も浮きあがっていた。手首は黒くて細く、擂り粉木のようだった。

「帰れ」

唸るようにいった。

「起きろ、話がある」

江依太が痺れをきらしたように叫んで腕をつかみ、引き起こした。

作造はよろけながら、江依太の腕を引きはなした。その拍子に尻餅を突き、小便を洩らした。

「ざまあねえな。目を醒まさせてやる」

伊三は作造を引っ張りあげて肩を貸し、引きずるようにして表に連れだした。

井戸端にはだれもいなかった。

無駄だと思ったのか、それだけの気力も萎(な)えていたのか、作造は抵抗しなかった。

伊三は作造を井戸端まで引きずっていき、そこに座らせた。

頭から井戸水をぶちまけたのは江依太だった。

冷たかったようで作造は悲鳴をあげた。が、食ってかかるようなことはなかった。食ってかかってくれた方が安堵(あんど)しただろう。

江依太は桶(おけ)で汲(く)みあげた水をもう一杯かけた。

「まだ必要ですか」

江依太がいった。

「もういい、勘弁してくれ……」

座ったまま両手をついた作造が、呟(つぶや)くような声でいった。体が震えていた。

呻(うめ)き声のような音が聞こえた。

泣いているのだ。

江依太は立ったまま、黙って作造の背中をみていた。泣くにまかせていた。

しばらく泣いていたが、

「もう一杯、頭から水をかけてくれ」

といった。いわれるままに江依太は井戸水を汲みあげ、頭からぶちまけるようにかけた。そういうかけ方が作造の望みだ、と思ったからだ。

しばらくすると作造は立ちあがり、おぼつかない足取りで部屋に戻っていった。

腰高障子の隙間から、何人かの女房が覗いていたが、姿を現す者はいなかった。

部屋に戻った作造は土間に座りこみ、

「なんの用だ。笑いにでもきたのか」

といった。崩れた髷や小袖（こそで）からは、まだ水がしたたっていた。

江依太は懐から手拭いを引っ張りだし、

「頭を拭け」

といって投げやった。

手拭いは膝のまえに落ちたが、作造は手を伸ばそうとはしなかった。

「笑いたかったら笑って、もう帰ってくれ」

「雁木の旦那が人殺しの罪で牢屋に入れられた」

と江依太がいうと、作造はようやく顔をあげた。けれども、江依太の顔をみただけでなにもいわなかった。

「あんたは、雁木の旦那に恩があるはずだ。旦那の無実を晴らす手伝いをしてくれないか」

由良昌之助が病死してから作造がどうしていたのかなど、江依太には世間話をするつもりはなかった。作造の形をみればわかる。

「雁木の旦那が人を殺したのか」

「それは読売を読めばわかる。おいらたちを手伝ってくれるつもりがあれば、湯にいって髪を整え、明日の朝、五つ刻（午前八時）まえに雁木の旦那の屋敷にきてくれ」

それだけいうと、江依太は長屋をあとにした。

「作造なら知ってるが、みる影もねえな」

「ついていた由良昌之助さまが病で亡くなってから、酒浸りになったようですね。雁木の旦那ともなにかあったようですが、おいらは聞いていません」

「明日の朝、屋敷にきたとしても、あの体たらくじゃあ役には立ちそうにねえぜ。身体同様、十手も錆びてるんじゃねえか」

「くるだけの気力があれば、役には立ちますよ」

吉治郎の息のかかった者が動いているのを奉行所には知られたくなかった。そこで、

「なにかあってもなくても、吉治郎親分の住まいで顔をあわせましょう。金太さんや啓三さんにもそのように伝えておいてください。朝五つ」

と伊三に伝えた。

途中で読売を買った。版元は『青柳』だったが、書いてあるのは、笠子屋の受け売りのような内容だった。


屋敷に戻ると、百合郎の母が出迎えてくれたが、泣き腫らしたらしく目は真っ赤だった。

居間には彦兵衛も、お登世もいて、江依太が入っていくと、二人とも顔をあげ、身をのりだした。詳しい事情を聞きたくて、江依太の帰りを待ちかねていたようだ。

川添自身がやってきて、

「百合郎は、吉治郎と結託して為五郎を殺した、という者がおるので、無視もできず、五日間だけ、牢屋に押しこめておくことになった。許してくだされ、彦兵

衛どの」

といったという。

「で……」

彦兵衛が話のつづきを促すようにいって江依太をみた。

「おいらは百合郎さまが牢屋に押しこめられた、としか聞いておりません。吉治郎親分と結託して為五郎を殺した、という者がいる話も、いま初めて聞きました」

とだけいい、吉治郎の住まいの床下から、雁木の名が染め抜かれた風呂敷に包まれた三百二十九両がみつかった話はしなかった。そんな話をすれば、母親のひでは寝こみかねない。

父親の吉治郎と、百合郎が結託して為五郎を殺した、と聞いてもなんの反応も示さかったお登世は、脇にうずくまっている猫の『消炭（けしずみ）』の頭を撫（な）でている。けれど、お登世はそれに気づいていないようで、目は遠くをみていた。

「そんなことをいいだした者に心あたりがあるか」

彦兵衛がいった。

これが三か月もまえなら、すぐ由良昌之助と答えるところだろうが、由良が病で身罷ったあと、百合郎がだれかと対立している、という話も、噂も江依太の耳には入っていない。

「わかりません。百合郎さまは、なにかあっても、愚痴をいうようなお方ではありませんから」

本心だった。いま、奉行所で百合郎がどのような立場にいるのか、まったくわからない。

「おまえはどうするのだ。川添は、妙なことをすると、百合郎のためにならない、とわしに釘を刺しおったが、おまえも、屋敷にとどめておくように、と執拗に忠告された」

「執拗に……」

「ああ、くどいほど」

奉行所でのことといい、ここでの執拗さといい、やはりなにか変だと江依太は思ったが、それは口にせず、いった。

「だれになんといわれようと、おいらはじっとしているつもりはありません」

雁木の家に迷惑がかかりそうなら、どこか長屋でも借りて動くつもりだった。

百合郎が牢屋に押しこめられているのに、屋敷でじっとなどしていられるわけがない。

「わかった。わしたちのことは気にするな」

彦兵衛がいうと、ひでが頭をさげた。

夕餉を取ったあと江依太は湯で汗を流し、浴衣を着て帯を貝の口に結び、羽織を引っかけた。

妙な着物の着方をして、江依太が実は女であることを、お登世に気づかせてはならない。


与えられている部屋で、江依太は書きものをはじめた。

頭のなかを整理したいと思ったのである。

書かないと、さまざまな閃きが浮かんではすぐ消え、まとまらないのだ。妙な話だが、頭のなかに赤い玉を思い浮かべても、江依太は思い浮かべつづけられない。玉は青や緑に変わり、動きはじめ、空中に浮きあがる。それとおなじで、思いついた言葉もさまざまに変化し、ひとつのことを考えるのが難しいのである。

懐の帳面にも多少は書きつけてあるが、もっと大きな紙に、全体が読めるように書きたかった。

そこで、懐紙を十枚ほど、飯粒を潰した糊で張りあわせ、大きな一枚の紙をこしらえた。

そこへ、細筆で思いつくまま書いていった。

一刻（二時間）もすると、紙面は文字で埋め尽くされた。ある文字とある文字が線で結ばれ矢印が書いてある。

江依太はそれにじっと目を据えた。

「籬情夫」と「心中」「捻木の三五郎の千両」が矢印で結んであった。

身じろぎもしないまま小半刻（三十分）がすぎた。

文字と文字をつなぐ線の数が増えていった。

百合郎は寝ていた。

牢屋に押しこめられているかぎり、観念して身体を休めるしかない。

藁布団に横になり、目を瞑った百合郎は、すぐに眠りに落ちた。

次の日。

朝五つ刻まえに屋敷の木戸門をくぐると、作造が立っていて、土気色の顔で江依太を睨みつけた。

月代を剃ったあとは青々としていて、こざっぱりとした形をしている。酒のにおいもない。

楊枝のように痩せていて、立っているだけでやっと、という印象だが、目までは死んでいなかった。

腰に差している十手も錆びてはいない。

「きてくれたんですか」

作造はまだ江依太を睨んでいたが、やがて、

「その、丁寧な口の利き方をやめたら、協力する」

と、嗄れた声でいった。

江依太はにっと笑った。

「よくきてくれた。親分の住まいで、みんなが待ってる」

雁木の屋敷から吉治郎の住まいまではおおよそ五町半（約六百メートル）だ。

「歩きながら、雁木の旦那がなぜ牢屋に押しこめられたのか、話してくれ。昨日、湯屋にいってそこにあった瓦版を読んだが、あの内容が本当だとは思えねえの

だ」

作造は急ぎ足で歩けるような身体ではなかった。が、苦しそうな息をしながらも必死でついてきた。額からは汗が噴きだしている。

江依太は知っていることは残らず話した。

「おれは頭が悪いから、真相は見抜けねえが、そのおれでも、だれかが仕組んだことはわかる」

作造がいった。


吉治郎の住まいに着くと、すでに、伊三、金太、啓三の三人が顔をそろえていた。

血が飛び散っていた床板は張り替えられて壁も漆喰が塗られ、惨状の跡はどこにもなかった。

あのあと、狼藉者は侵入しなかったようで、部屋も荒らされていない。

作造をみた伊三が、薄笑いを浮かべた。

金太と啓三は、あからさまに厭な顔をした。由良昌之助が元気なころ、作造にはことあるごとに小莫迦にされていたからだろう。

伊三も、作造がくるかどうかはわからなかったので、二人には話していなかったようだ。

それは、昨日の作造を、伊三が笑いものにしてはいない証(あかし)ともいえた。

「みんな知ってますね。岡っ引きの作造です。おいらたちの探索に協力してくれることになりました」

作造が軽く頭をさげた。

金太も啓三も頭はさげず、渋い顔をしている。

とくに啓三は作造が気に入らないらしく、作造をみようともしない。

江依太が尋ねた。

「なにか進展はありましたか」

「江依太、仲間なんだから、その丁寧な口調はやめねえか。首のあたりがくすぐったくていけねえや」

伊三がいった。

「いや……それはちょっと……みなさん歳も上だし、経験も……」

「じゃあ帰るか」

あがり框(かまち)に腰をおろしていた伊三が立ちあがった。

「そうだな。仲間でもねえ奴とは組めねえしな」

いって啓三も立った。

金太は、江依太の心の内を窺(うかが)うようにじっとみている。

作造も江依太をみていた。

「あんたどう思う」

江依太が作造に尋ねた。

「おれに丁寧な口を利くと、協力しない、といったばかりだぜ」

江依太が苦笑いを浮かべた。

「わかった。じゃあ、改めて尋ねるが、なにか進展は」

「それでいい。医者はみつからねえ。『石五郎』を中心に渦巻きのようにぐるぐる遠くへ向かって訪ね歩いているんだが、為五郎を診(み)ていた医者はいねえのだ」

啓三がいった。

「おれの方も、権丈に変な動きはねえし、だれかが近づいてきた、というようなこともねえなあ」

「じゃあ、引き続き頼みます。いや、頼む」

「おめえはなにをやるんだ」

江依太に目を向けていた伊三が、ちらっと作造に目をやった。

「ちょいと気になることがあるんだ」

江依太がいった。

「気になること……」

「去年の十二月初めだったかに、だれかが花魁を身請けして籬情夫と添い遂げさせた、という話があったのを憶えちゃいねえかい」

「ああ、それなら憶えてる。えらい評判になったからな。しかし……あれは……」

「そうなんだ」


吉原の遊女屋は、玄関脇に張り見世のための部屋があるが、通りとは籬で隔てられている。

その籬にへばりついて遊女をみている貧乏人が、たまたま遊女と合惚れになることがある。むろん、座敷にあがり、遊女と関係を結ぶ金があるわけではなく、籬を挟んで情を交わすだけのことだが、この男を吉原では『籬情夫』といって、哀れんだり、蔑んだりしている。

読売によると、籬情夫は、染め物職人の朝太郎といったが、この朝太郎と遊女、初音（はつね）との噂は、吉原だけではなく、浅草あたりまで広がっていたという。

この二人をみかねただれかが三百両という大金を積み、初音を請けだして朝太郎と添わせたのである。

この美談の載った読売は飛ぶように売れた。

だが、半月もたつと、朝太郎の雲行きが変わってきた。

読売によると、染め物の仕事をほっぽりだした朝太郎が、博奕（ばくち）に首を突っこみはじめた。

朝太郎の師匠や近所の知りあいに諫（いさ）められても、朝太郎の博奕場通いはとまらなかった。

「いざとなったら、まただれかが助けてくれる」

といっているという。

この記事の書かれた読売は、朝太郎への非難と、初音への同情で、また飛ぶように売れた。

次の読売では、朝太郎の博奕場での借金がついに百両を超えた、と報じられていた。このままでは、初音は吉原に戻るしかない、と。

朝太郎は博奕場の帰りを数人の男に襲われ、

「初音を泣かせるようなことはするな」

と罵倒され、殴られ、蹴られた。

朝太郎は、次の日の朝、みつけた大工によって医者に運ばれたが、脚の骨と肋骨が折られていた。

これが読売に載ると、また売れに売れた。

暴漢たちの正体はわからなかったが、英雄豪傑のように扱われた。だが、朝太郎の借金が減ることはなかった。

そのあと五日ほどして惨事が起こった。

初音が朝太郎を包丁で刺し殺し、おのれの喉を突いて果てたのだ。

初音への賛辞と同情、称賛。朝太郎への非難で江戸はまたもや大騒動になった。

そのあとも、読売屋はあることないこと書き続け、江戸庶民を煽りに煽った。

あの事件で、読売屋はかなり儲かったはずだ。

「気になることってえのは、三百両もの大金をだして遊女を身請けした者の正体がわからねえってことか」

啓三がいった。

「それもひとつ」

「ほかにもあるのか」

「ようやく松が取れたころのことだったけど、武家のお内儀と男娼が心中した事件が世間を騒がせただろう」

「そうだった。あれも、読売では大騒ぎだったな。女が武家の妻女だというので、奉行所は動かなかったが、正月が二度きたような大騒ぎだった」

「それから先月……」

「小博奕打ちの枕元に千両小判が詰めこまれた麻袋が転がっていた一件か」

「それだよ。それに、吉治郎親分が嵌められた事件……」

　黙って聞いていた作造が、

「まさか……その四件がつながっている、なんていいだすんじゃねえだろうな」

といい、怪訝な顔を江依太に向けた。

「先の三件はわかる。人殺しが絡んでねえからな」

　初音は朝太郎を殺したが、それは、朝太郎の阿呆さのせいだ。

「でも、吉治郎親分の一件は、殺しからはじまっているし、最初からだれかの作為が感じられる」

作造がつづけた。

あがり框に腰をおろした伊三と、立ったままでいる啓三と金太が顔を見合わせた。

「たしかにそうなのだが、読売屋が大儲けするような事件が月に一度は起きているのはできすぎているとは思わねえか。いや、手証はねえよ。ただ、考えるほど、頭の片隅にいる何者かが、これはだれかが仕組んでいる、手証をみつけろ、と囁くんだ」

みなが黙りこんだ。金太は両手で顔を覆い、伊三は天井に目を向けているし、啓三は土間に目を落としている。作造は江依太から目をはなさない。

「では読売屋が、読売を売るために事件を起こしている、とおめえはいいてえのか」

伊三がいった。

「三百両もだして遊女を身請けしたり、千両の金を小博奕打ちの枕元におくほどの金が、読売屋にあるとは思えねえ」

江依太がいうと、金太が大きくうなずいた。

「そこまではわかった。おれはおめえの勘働きにのってもいいが、仕組んでいる奴がいたとしてだが、どうやって探すのだ」

伊三がいった。

「それに、なんのために江戸を騒がせるようなことをするんだ」

作造がいった。

「そこまではまだわからねえが、北町奉行所の牢に押しこめられている、捻木の三五郎の話を聞けば、その手掛かりがなにかつかめるんじゃねえかと……」

捻木の三五郎はすでにひと月近く牢屋に押しこめられていて、まだ裁決がくだっていないらしい。奉行の裁決がそんなに長引くことはあり得ない。なにか、裁決がくだせない理由があるはずだ、と江依太は考えていた。

それが、此度（こたび）の、吉治郎と百合郎が嵌められた一件とつながりがあるような気がしてならない。無論、閃き、あるいは思いつきだけで、手証はない。

三五郎の話を聞けば、なにか手証がつかめるかもしれない、と江依太は考えていた。

「そんなことできるわけねえだろう。岡っ引きでも、囚人置場に入っている罪人には会わせてもらえねえのだぞ」

作造がいった。

「北には、雁木の旦那と昵懇（じっこん）にしている、石川貞太郎（いしかわさだたろう）という定町廻りの旦那がおられる。そのお方に、雁木の旦那の話をして、お力添えをお願いするつもりだ」

石川には江依太も幾度か会い、挨拶（あいさつ）する程度の知りあいにはなっていた。

いまからいけば、町廻りに出かけられるまえに会えるだろう。

「それでは引きつづき頼む」

「わかった。また明日の朝、ここでいいのか」

江依太はうなずいた。


石川貞太郎は岡っ引きの駒平（こまへい）と信太（しんた）、ご用箱を背負った奉行所の中間（ちゅうげん）を引き連れ、呉服橋（ごふくばし）をわたってきた。

橋のたもとで待っていた江依太の顔をみると足をとめ、

「おれはこいつに尋ねてえことがある。おめえらはそこらで待っていてくれ」

といって駒平と信太、中間を先にいかせたあと作造に目をやり、不審そうな顔をした。

作造が懐から十手を引き抜いてみせると、納得したような顔でうなずいた。顔色の悪いのが気になったようで、しばらく作造の顔から目をはなさなかった。

「雁木になにがあったのだ。あいつが石屋を殺したという噂は飛び交っているが、なにが真相かさっぱりわからねえ」

顔を江依太に戻した石川はそういい、首をかしげた。話している最中にときどき首をかしげるのは石川の癖だ。

「川添さまは詳しいことを話してくださらねえので、こっちも戸惑ってるところですが……」

といい、知ってるかぎりの話をした。

「雁木の奴、妙なことに巻きこまれたようだな」

江依太の話を聞いた石川がいった。

「そのことでございますが、北町奉行所の囚人置場に捻木の三五郎というけちな博奕打ちが押しこめられてるって話ですが……」

石川はやや警戒するような顔になり、江依太に目をこらした。

「おめえ、三五郎と知りあいか」

「いえ……そういうわけじゃねえんですが」

石川はまた考えこみ、首をかしげていった。

「なにか尋ねてえことがあるようだな」

「三五郎の件と、雁木の旦那の件になにかつながりがあるんじゃねえかと睨んだのですが、どんな事件だったのか、聞かせちゃもらえませんか」

「どんなつながりだ」

「そこまではまだわかりません。ですが、なにかもやもやするんですよ。ひと月近くも裁決がくだされてないのも……」

石川はしばらく考え、

「おれが話すことが、ほんとうに雁木を救うことになると考えてるのか」

石川は、雁木百合郎から、

「江依太は閃きがすごいのだ。おれのような一直線莫迦には思いもつかないような、捩じ曲がった閃きをするのだが、捩じ曲がっていてありそうにねえことが、実は真実だった、なんてことも珍しくねえ」

と聞いたことがあった。あれは、呑んでいるときだったか。もっとも雁木はちっとも呑まずに、つまみばかり食っていたのを憶えている。

石川は柳の新芽をむしり、お堀に投げこんだ。

「ここだけの話、お奉行も、この一件にはなにか引っかかっておられるようなのだ。おめえのいうように、裁決がくだされるのが長引いていることからも、それが窺える。なにも話してはくださらないので、なにをお考えなのかはわからんがな」

　ただ、しばらく放っておけ、と命じられ、三五郎を捕縛した石川は、定町廻りに戻っている。

　このときの北町奉行は、のちに鼠小僧次郎吉を捕まえることになる、榊原主計頭忠之だ。

「なにかつかんだらおれにも知らせると約束するか」

「無論ですとも」

　百合郎と吉治郎が解き放ちになるなら、手柄などはいらない。

「町廻りをおろそかにするわけにはいかん。ついてこい」

　江依太は、一瞬、作造のことを考えた。昨日まで酒浸りだった男で、足も腕も痩せ細っている。半日もかかる町廻りについてこられるとは思えない。

「作造、おめえはさっきの家で……」

　といいかけたとき、

「おれもいく」

　といって江依太の言葉を遮った。

作造にも意地があるようだ。

石川は怪訝な顔をしたが、作造は気づかない振りをしていた。


一石橋のたもとで待っていた駒平、信太、中間もついてきた。

石川は一石橋を右に折れ、東に向かって歩きはじめた。

「ことの起こりは二月半ばだ」

足早に歩きながら、石川がいった。

小博奕打ちの三五郎の部屋に麻袋に入った千両がおかれていたこと。

その一部を博奕に使ったため、元締めに怪しまれて奉行所に届けられ、石川につかまったこと。

千両がおかれた前夜に起こった新橋での盗人事件と、三五郎を結びつけようとしたが、どうしても証が立てられなかったことなど、石川の話は、読売で読んだことから一歩も出ていなかった。これならわざわざ聞きにくる必要もなかったか、と江依太が落胆したとき、

「ここまでは読売にも流した情報だが、吟味のおり、三五郎が妙なことをいいだしたのだ。その内容は、奉行所の外には洩らしていねえ」

「妙なこと……」

「三五郎は、谷中の輪廻寺の賽銭箱に、『おおがねもちになりてえ　かなえてくれ』と書いた文を投げこんでおいた、といったのだ。そこに願いごとを書いた文を投げこみ、大金を払えば、願いごとを叶えてくれる者がいるという噂を、博奕場で聞いたらしいのだ」

「大金を払えば、願いごとを叶えてくれる……」

十日ほどしたら、枕元に千両の入った麻袋がおいてあったという。

「願いごとを叶えてもらうのに、三五郎はいくら払ったのでしょうか」

永代橋をわたりながら、江依太が聞いた。

大金を払えば、願いごとを叶えてくれるというのなら、三五郎も大金を払ったはずだが、金を欲しがっていた捻木の三五郎は、払う金をどう工面したのだろうか、とふと疑問が湧いたのだ。

作造は大汗をかきながら、必死についてきていた。駒平が心配顔でみているが、江依太は心を鬼にして無視した。

「払うまえに捕まった、といっていた。捕縛されなければ、千両のなかから幾らか払わされたんじゃねえか、ともいってたな」

石川がいった。

「なんだか不思議な話ですねえ。千両のなかから支払うのなら、最初から、おのれのぶんを取り分けておけばいいものを……」

と江依太はいったが、それもおかしな話だった。結局、銭が欲しい、と泣きついた相手にただでくれてやるのとおなじではないか。

「だから嘘だって」

駒平がいった。

「輪廻寺は調べてみたのでしょうね」

「あたりまえじゃねえか。朽ち果てた本堂や賽銭箱を徹底的に探索し、十日も張りこんだが、猫の子一匹現れなかった」

信太が息巻いた。

深川一帯の町廻りをしながらの石川の話は、一刻（二時間）に及んだが、作造は音をあげず、必死でついてきた。

石川に礼をいってわかれたあと作造は急にへたりこみ、

「しばらく休ませてくれ」

というので、二人して大川端に座り、川面をみていた。

永代橋のたもとに人集りができてるのに気づいた。

読売屋を客が取り巻いているのだ。二人組の読売屋は互いに深編み笠をかぶり、片方が読売に書かれた内容を小唄のように唄い、片方が二枚つづりの読売を売っている。

聞くともなしに唄を聴いていると、

「岡っ引きと定廻り同心が結託して、石屋を殺してよ……」

という楽句が耳に入った。

「なに……」

江依太が立ちあがり、一部を買い求めて読むと、吉治郎の住まいの床下から、同心の家の名が染め抜かれた風呂敷に包まれた五百両の小判と、石屋の為五郎が持ちこんだにちがいない石を彫るための鑿がみつかったことが、大げさに書いてあった。

同心が牢屋に押しこめられたことにも触れている。

同心と岡っ引きが結託して、どこからか五百両を盗んだのを石屋に見咎められたにちがいない。もしかすると、石屋も一味で、仲間割れとも考えられる。

と、あることないことをならべ立ててあった。

刷りが荒く、文字のまちがいがあるのは、急いで彫らせ、刷るのも急かされたからだろう。おどろおどろしい絵も、酷いものだ。が、飛ぶように売れている。

「こんな細かいことをだれが流したのだ……」

読売を読んだ作造がいった。怒りからか、疲れを忘れたようだ。

版元をみると『笠子屋』だった。

となれば、この記事を書いたのは権丈だ。

「売り子の出入りは頻繁にあるが、笠子屋に不審な動きはみられねえ。権丈は情報を掻き集めるために動き廻っているが、怪しい者が接触したようすもねえぜ」

朝、吉治郎の住まいで会ったとき、伊三ははっきりとそういっていた。

伊三は、仲間とともにひと晩中、笠子屋から目をはなさずに張りついているし、権丈が動けば、仲間のうちの三人が尾行し、権丈が会った人物には、

「権丈からなにを聞かれ、なにを話した」

と、裏を取っているという。

その役目の男は、先にいった仲間が一間（約一・八メートル）に一粒ずつ落と

していく大豆（だいず）を目印に追いかけるのだそうだ。

江依太は、なにか得体の知れない恐怖を覚えながら、永代橋をわたりはじめた。

三

屋敷への帰り道、腹が減っていたが、吉治郎の住まいに立ち寄った。作造をしばらくここで休ませようと考えたのだ。

玄関の戸をあけると、

「あら、江依太さん……」

板の間の掃（は）き掃除をしていたお登世が江依太をみた。目には涙が浮かんでいた。

父のことは心底心配なのだろうが、雁木の屋敷でそれを顔にだせばまわりに心配をかけると考えたのか、涙などはみせなかった。けれども一人になると、父が心配でいたたまれなくなったのだろう。

その気持ちは、江依太にも痛いほどわかった。

江依太の父がいなくなって、すでに一年がたとうとしている。

生きているのか、死んでいるのかさえもわからない。

お登世はさりげなく涙を拭い、いった。

「昨夜、床板の修繕ができた、と江依太さんが話しておられたので、ようすをみに……よければ引き移ろうかと思いまして。いつまでも雁木さまのお屋敷にご迷惑をおかけするわけにもまいりませんし」

「しかしそいつは不用心だ。まだ親分を嵌めた下手人(げしゅにん)は野放しのままだし……」

「下手人が戻ってくることはないと思いますよ」

「なぜ、そういいきれるのだ」

「だって、奉行所の手の者がどこからか見張っている、と考えるかもしれないでしょう。そこへのこのこ姿を現すとは思えません」

「それはいえるな」

顔を洗いたいといって裏庭に廻っていた作造が土間に入ってきた。

「あ、そいつは、岡っ引きの作造。吉治郎親分の娘で、お登世さん」

江依太は二人を引きあわせた。

「作造、飯は食えそうか」

石川につきあっていて、すでに八つ半刻(午後三時)に近い。昼飯も食っていなかった。

「ああ、腹は減ってるけど……」

「お登世さん、昼餉は」

「忘れてました」

「ちょうどいい、なにか材料を見繕ってくるから、待っててくれ。ここで飯を食おう」

と江依太がいい、

「作造、酒もいるか」

と尋ねた。皮肉ではなく、本気だった。

「勘弁しろ。もう一生酒は断つ」

作造は皮肉だと受け取ったようで、苦笑いを浮かべた。

江依太は八百屋と魚屋をめぐり、夕食の材料を誂えてきた。

味噌も米も盗まれているのを知っていたので、味噌屋と米屋にも廻り、届けてくれるようにたのんだ。

届け先は吉治郎の住まいだというと、どの店も、二つ返辞で引き受けてくれた。

住まいに戻ると、お登世がふた口の竈に火を起こしていた。

「料理は得意かい」

江依太が尋ねると、

「お屋敷では賄いもやっておりましたから」

と、お登世はいった。その言葉どおり、江依太が買い集めてきた野菜や魚を使って、手際よく調理しはじめた。

米、味噌、醤油、塩などが届いた。

やや顔色の戻った作造は板の間に横たわり、感心したような顔をお登世に向けている。

江依太も空になっていた水甕を井戸水で洗い、二荷の水を汲み入れた。

ほどなくして煮魚と、筍と若布の煮物、青菜のおひたし、大根の味噌汁などができた。

飯は江依太が炊いた。

ならべられた皿をみて作造は、

「こんなまともな飯を食うのは久しぶりだ」

といって箸を取った。

江依太は作造の手が震えるのでは、と思ってみていた。かすかに震えているが、箸でものがつまめないほどではなかった。

「わたし、きょうからこの家で、父の放免を待ちます」

飯が終わったあと、お登世がいった。

「しかし……」

「ここで、父を待ちたいのです。ここで待っていないと、父も寂しがります」

お登世はきっぱりいいきった。

お登世には一人で泣く場所が必要なのだ、と江依太にはわかった。

作造は驚いた顔でお登世をみていた。お登世の固い決心と、物怖じしないことが読み取れたからだろう。

なんなら作造を用心棒に、と江依太は一瞬考えたが、身体が元に戻っていないとはいえ、作造は男だ。十八の娘とひとつ屋根の下で暮らさせるわけにはいかない。

江依太もそれはできない。いっしょにいれば、どこかで女だということがばれる。湯のためだけに、雁木の屋敷に戻るわけにはいかないのだ。

「わかった。夜は雨戸に竪猿をし、心張り棒をかけて寝るんだぞ」

「約束します」


作造といっしょに吉治郎の家を辞した江依太は、通りに出ると、
と作造に尋ねた。

「橋本町まで帰れるか」

橋本町は浜町堀に架かる幽霊橋のそばで、吉治郎の住まいのあるここ、霊巌島からはおおよそ半里（約二キロメートル）の距離がある。

「心配ねえ。いくらおれでも半里の距離なら、半刻（一時間）もあれば辿り着くさ。久しぶりに旨い飯も食わせてもらったしな。力が湧いたような気がするぜ」

といい、顎を突きだすようにして踵を返した。

江依太は作造のうしろ姿をしばらくみていた。ふらついていないのをたしかめたあと、亀島橋をわたって八丁堀へ戻った。

百合郎の母、ひでに、

「お登世は父親の家で寝泊まりすることになりました」

というと、ひでは寂しそうな顔をし、そうですか、といったあと、

「百合郎さまはどうしておいでてでしょうか」

と独りごとのようにいった。

慰めてやりたかったが、江依太は慰めの言葉を思いつかなかった。いま、百合郎がどうしているかもわからない。

百合郎の父の彦兵衛は、部屋から出てこないという。


次の日の朝。

吉治郎の住まいにいくと、すでにみんな集まっていて、作造もいた。

「作造……」

江依太が安堵したような顔でいった。

「なんだ」

「いや、なんでもねえのだ」

「待ちかねたぜ」

と啓三がいい、金太が目を輝かせた。

伊三は、お登世がいれてくれたらしい茶をのんでいた。

わかった。

「みつかったのかい」

　啓三と金太の顔をみた江依太は、為五郎がかかっていた医者をみつけたのだと、

「話はとおしてある。会ってくれ。おめえなら、おれたちが思いつかねえ問いも考えつくかもしれねえ」

「よし、案内してくれ。だが、ちょっと待て」

　と江依太はいい、お登世に、

「昨夜はなにごともなかったかい。だれかが戸をこじあけようとしたとか、悪口を叫ぶ連中がきたとか……」

　と聞いた。

「いえ、なにも」

「買い物に出るときなど、充分気をつけるんだぜ。このあたりのひとはみんな親分を慕(した)っているようだから、なにかされることはねえと思うが、親分を怨んでいる奴が、仕返しをしようと企んでいねえともかぎらねえ。なにかあったら、すぐ、裏の長屋へ逃げて助けを求めなよ」

　といい残して啓三と金太の跡を追った。伊三も、作造もついてきた。

為五郎がかかっていた医者は、三之輪町(みのわちょう)に小さな診療所をかまえていた。

「よくみつけたな」

江依太が感心していった。

「執念ってやつだよ」

金太が誇らしそうにいった。

「頼みがある」

「なんだ」

「権丈の手下がおいらたちを尾(つ)け廻しているかもしれねえ」

「それであんなに詳しく読売に書きまくってるのか」

「おいらたちが医者に話を聞いているあいだ、この診療所のまわりを見張っててくれねえか。怪しい奴を見掛けたら、逆に尾行して、身元を突きとめてくれ」

「任せろ」

啓三はいい、看板書きの道具を肩に担いで、路地に消えた。

金太は傘骨を二、三本紐(ひも)でくくりつけたのを肩からさげ、べつの方向へ歩いていった。

伊三はさすがに鋳掛屋の道具は持っていなかったが、裾をからげ、立ち去った。

「おれの目が節穴で、みえていなかったが、吉治郎親分は、大したお方なのだな。あいつら、おれなんかよりよほど遣り手だ」

作造がいった。作造がついていた岡っ引きは権多郎といったが、強請りたかりが元で惨殺されている。


医者は、時任慈庵といい、六十をややすぎているようにみえた。白髪の坊主頭で、真っ白い髭が口のまわりを覆っていた。

「もう死んだ患者のことだから話してもかまわんだろう。それに、このお方は十手持ちの親分でもあるし」

といって作造の顔をみた。顔色が悪いのが気になるようだ。それでも、昨日に比べると随分よくなっていた。

「たしかに石屋の為五郎は、胃の腑に大きな腫れものができておった。血を吐いたことも一度や二度ではなかったので、本人も覚悟していたようだな。あとどれほどの命か、教えてくれ、と聞かれたので、ふた月もてばいいほうだろう、と正直に話したが、ここにきたのはそれが最後だった。それからひと月もたたぬうちに、あんなことになるとは……」

「息子のことをなにか話していませんでしたか」

　慈庵が、知ってるのか、というような顔で江依太をみた。

「子どものころ、火事に巻きこまれて行方知れずになったことは聞いています」

「では、一年後にみつけたことも知ってるのか」

「え……みつけたのですか」

「新しい名をもらい、赤の他人に育てられていたそうだ。最初は返してもらおうと思ったようだが、女房を失って、男手ひとつで育てる自信もなく、両親がそろっていた方が為吉も幸せだと思って泣く泣く諦め、月に一度か二度、顔をみにいって成長を見守っていたそうだ」

　弟子の留太も、仕事に行き詰まると、ふらっと出かけて夕刻まで帰らない日が、月に一度か二度あった、といっていたし、馴染みの女郎、お嶋も、一年ちょっとでぴたりと足が遠退いた、と話してくれた。

　為五郎が息子をみつけたころと合致する。

「それで息子はどうなったのですか」

「それがなあ……」

慈庵は話しにくそうに診療室の天井をみあげた。

診療室は八畳ほどの板敷きで、文机が窓際に押しつけてあって、その上に、なにに使うのかわからないような器具が、きちんとならべておいてあった。

慈庵と江依太が座っているのは革張りの腰掛けで、作造は懐手で立って話を聞いていた。

慈庵は、灰色の軽衫をはいていた。

「うむ……」

といって慈庵はまた黙ったが、やや考えてからいった。

「十五、六歳のとき、育ての両親が病で死んでしまって、それからは悪の道に足を踏み入れるようになったらしくてな……為五郎は、偶然知りあったおじさんを装い、度々説教したが、逆に殴られたりしたようだ。それからは、遠くからみているだけにしたとかいうておった」

「為五郎の息子、いまは、どこでどうしているのか、ご存じですか」

「二年ほどまえだったか、遠島になり、島で殺されたらしい」

江依太は、あっと思った。

「もしかして、その息子を捕縛したのは、南町奉行所の雁木百合郎の旦那ですか。

そのとき吉治郎親分も手を貸したとか……」

　慈庵はうなずいた。

「二人を怨んではおらん、遠島ですんでよかった。と為五郎は諦めておったがなあ……」

「息子が島で殺されたのはいつのことですか」

「半年ほどまえのことだ」

「そのとき、為五郎の病は」

「もうかなり進んでおった」

　為五郎は、最初、息子が遠島になったのは仕方がない、と考えていたが、息子が殺されたのと、おのれが不治の病に取り憑かれたのが重なり、どうせ死ぬのなら、復讐をしてやろう、と思い立ったのではないだろうか。

「為五郎が自死するようなことは」

「病を苦にしてという意味なら、ない、とはっきりいえる。しっかりした男で、気も強かった」

　だからこそ、だれかに頼んでおのれを殺してもらい、雁木百合郎と霊厳島の吉治郎を陥れ、二人を獄門台に送る、という復讐を企てたにちがいない。穿った見方かもしれないが、そのことを書いた文を輪廻寺の賽銭箱に投げ入れた。それに応じただれかに金を払い、筋書きを実行してもらったのではないか。

「息子の名はわかりますか」

「いや、為五郎は息子、息子としかいわんかったので名は聞いておらん」

といい、

「おまえさん、ちょっと身体を診せてみなさい」

江依太に立つように手で示し、作造を座らせた。

作造は躊躇っていたが、江依太が肩を押さえ、座らせた。

慈庵は作造の口をあけさせてなかを覗き、手首の内側を診てから、右手の親指と人差し指で作造の目をひらいて白目を診た。それから肝の臓あたりを押さえた。

作造がうめいた。

「肝の臓がかなり弱っておるようだな。蒟蒻の上を歩いているようで、足や身体に力が入らぬじゃろう。それに滋養も足りぬ。魚や獣肉を食え。精がつく」

といって立ちあがり、診療室から出ていったが、しばらくして紙袋を手に戻ってきた。

「薬を十日分だしておくから、毎朝煎じてのむように。欠かしたら死ぬぞ」

と、厳しい声でいった。

江依太は薬代として、一分銀を一枚、文机においた。

外に出ると、伊三と啓三はいたが、金太の姿がなかった。

「だれかを尾行していったのかもしれねえな」

啓三がいった。

「で、どうだった。なにか進展が……」

と伊三がいいかけたとき、息をきらした金太が駆け戻ってきた。

「どうした」

江依太がいった。

「ちょいと派手な形(なり)をして襟巻きをした、痩せ細った男を見掛けたので尾行したんだが、すばしっこい奴でまかれちまった」

伊三は、

「まいたところは怪しいが……で……」

と、江依太に顔を向けた。痩せた男より、医者の話に興味が残っていたようだ。

日本堤(にほんづつみ)を浅草に向かって歩きながら医者から聞いた話や、医者の話を聞きながら閃いた話を語って聞かせると、伊三と啓三は唸った。

「医者の話を聞きながら、そんなことを考えていたのか」

作造も感心したような顔で江依太をみた。

金太はまだ先ほどの男が気になるようで、足をとめて振り返っていた。


金太が見掛けた『怪しい男』は、蘇枋の配下の風太郎だった。

風太郎は、啓三たちを尾行していたのだが、みな、慈庵の診療所へ入る、と考えてひょっこり姿を現したところを、傘骨買の金太にみつかってしまった。しかしそんなことで慌てるような風太郎ではなかった。

尾行しはじめた金太をすぐまき、路地に身を潜めて成りゆきをみていたのだ。

「考えていたよりも、慈庵の診療所へ辿り着くのが早かったな。あの生き人形は侮れねえ」

とはいえ、生き人形たちが慈庵をみつけるのは織りこみずみで、岡っ引きがやってきたらすべて話すように、慈庵には金をつかませてあった。けれども、嘘を吐け、とはいっていない。死んだ為五郎のためを思って、隠しごとをしないでくれ、といってあっただけだ。

笠子屋がつづきを書けるように手配しておかなければならないが、風太郎は、為五郎の情報を権丈や笠子屋にわたしているわけではない。生き人形の仲間が笠子屋に張りついているのに気づいてから、書いてもらいたい情報は、客に紛れて、売り子の懐に忍ばせている。

生き人形の仲間が、権丈を尾け廻しても無駄、というわけだ。

千住大橋で雇った猪牙舟で島田町の隠居所に戻ると、虎雨の姿があった。

虎雨は蘇枋とおなじ年ごろだが痩せていて浅黒い。蘇枋とは幼馴染みで、元は札差だった。けれどもいまは大名や旗本相手の金貸しで、いちどきに数千両、数万両という金を動かす。金なら腐るほどあるはずだが卑屈にみえるのは、いつも腰が低く、蘇枋には莫迦丁寧な言葉を使うからかもしれない。

金の力でなんでもできると考え、貧乏人を溝鼠ほどにも思っていない、と公言して憚らないこの人物の顔をみると、風太郎は虫唾が走る。

それは蘇枋に対してもおなじなのだが、蘇枋には充分な報酬をもらっているし、人殺しはべつにしても、死の恐怖を忘れるようなおもしろさを与えてもらっている。虫唾が走る、などとはいえない。

それに、虎雨の話を聞いていると、風太郎は、おのれが虎雨のいうところの溝鼠に思えて苛(いら)つくのだが、蘇枋といると、不思議なことに金持ち側の人間になったような気がして妙な気分になる。

「おお、風太郎どの、久しいな」

廊下を歩く風太郎をみた虎雨がいって微笑(ほほえ)んだ。

風太郎は背中に氷を入れられたような悪寒を覚えた。が、風太郎は立ちどまり、丁寧に腰を折った。

風太郎が蘇枋に拾われたころ、虎雨と蘇枋はしょっちゅう会っていて、酒が入ると、

「互いに、世のなかの間抜けを相手に大儲けをしましたが、近ごろは退屈で仕方がありませんな。もう金儲けにも博奕にも、酒にも女遊びにも飽きましたし、なにかおもしろい話はないものですかな」

そんな話ばかりしていた。

金があると、近寄ってくる連中は信用できないというし、女房子を亡くしたとなると、寂しさを味わうと思うのだが、虎雨の心は寂しさより退屈で占められていたようだ。

退屈しのぎに吉原あたりで豪遊もしてみたらしいが、それでも退屈の病は癒されなかったという。

あるとき向島の料理屋で、酔った虎雨がいいだしたという。

風太郎と蘇枋が出会う十日ほどまえの話だと聞いている。

「なあ、蘇枋さん。わたしたち金持ちと貧乏人は、貧乏人というのは武士も含めてのことですがね、人と溝鼠ほどのちがいがあると思ったことはありませんかな。貧乏人は頭が悪くて怠け者で、それだから貧乏のままなのにも気づかずに貧乏を他人や公儀のせいにする。溝鼠さえ、必死に生きているのに、それにも劣る、と」

「おまえのまえだから、肚を割っていうが、なぜこんな莫迦どもが生きているのだろうか、と不思議に思ったことは一度や二度ではないな。正直、貧乏人と頭の悪い奴は目障りだ」

酔った蘇枋が、本気かどうかわからない態で応じると、虎雨はうなずき、

「世のなかの貧乏人どもの人生を金で操り、それを読売に書かせて貧乏人が右往左往するのを眺めているのは、退屈しのぎになるのではないか、と考えたのですが、いかがですかな、蘇枋さん」

と、したり顔でいった。

「おぬしが読売を作るのか」

蘇枋がいった。

「いいや、わたしたちは貧乏人を金で踊らせるだけでございますよ。仮に死人が出たとしても、どうせ溝鼠だ。なにも気にすることはないのではありませんか」

「どんなことをやるのか、やってみせてくれ。退屈しのぎになるようなら、話にのろうじゃないか」

「よろしい。しばらくは読売から目をはなされませんように」

いって虎雨は、さも楽しそうに笑った。


それからしばらくして、風太郎が蘇枋に拾われたころのことだ。

名も知れぬだれかによって吉原の花魁、初音が身請けされ、籬情夫と添い遂げさせた、という話が大評判になり、読売は飛ぶように売れた。

虎雨が角樽(つのだる)を提げ、蘇枋の隠居所にやってきた。

「わたしは初音を身請けして添わせてやっただけでございますよ。莫迦な溝鼠は、放っておいても踊ってくれます。どうですか、ちっとは退屈しのぎになったのではありませんか」

　風太郎はそのとき初めて虎雨を紹介されている。

「いかがですか蘇枋さん、あなたさまも世間があっというようなことをやらかして退屈しのぎをなさるというのは」

　といって挑発するような笑いを浮かべた。

「どちらが世間をより大騒ぎさせるか、競争なども、おもしろうございましょうなあ」

　あなたはそんなことをする頭はないでしょうねえ、と虎雨の顔に書いてあった、とのちに蘇枋がいったのを風太郎は聞いている。

「勝ったらどうなる」

　蘇枋がいった。

「そうですな、負けた方が、勝った方に一文銭を一枚支払うというのはいかがでしょうかな」

「それはおもしろい」

　こうやって、どちらが世間を騒がせるかの賭けが成立した。

あのときから、蘇枋と虎雨はさまざまな遣り方で世間を騒がせてきた。虎雨の遣り方は生ぬるかったが、蘇枋は、人知れず、大店(おおだな)を陥れて廃業させるようなことにまで手を染めていた。けれども、おのれだけがほくそ笑んでいるだけではやはりおもしろくなく、世間を巻きこんでの騒ぎに傾倒するようになっていった。

蘇枋の策略を発案したのはほとんど風太郎だが、もう十年もそうやって死ぬのを忘れてきたような気になっていた。だがまだ一年少々しかたっていないのだ。願いごとを文に書き、輪廻寺の賽銭箱に放りこんでおけば、金次第でなんでも叶えてやる、という方法を風太郎が思いついてからは、半年ほどしかたっていない。

文を放りこむ場所をそろそろ変えなければ、とも考えていた。噂が広がれば、奉行所に目をつけられかねない。

いままでに風太郎が手にした文は四通で、行方知れずになった娘を捜してくれ、などというおもしろみのない文は破棄された。

いかにも作ったような満面の笑顔で虎雨が隠居所を引きあげると、蘇枋が大きなため息を吐いた。

虎雨と入れちがうようにやってきた平野が、

「たかが一文を得るために賭けをやっているとは思えぬのだが、ほかにもなにかあるのではないか」

どっかと胡座をかき、口をつけた銚子から酒を流しこみながらいった。

「あいつより劣っているという苛立ち」

「嘘を吐け、おぬしにそんなものなどあろうはずがなかろう」

「嘘ではありません」

いって蘇枋は苦笑いを浮かべた。

「幼いころ、虎雨、そのころは秀直といっていましたがね、奴とはおなじ寺子屋にかよっていたのですよ」

やや酔ったのか、蘇枋が話しはじめた。

秀直は頭は抜きん出ていたが気の弱い奴で、あるとき、腹の具合でも悪かったのか、寺子屋で糞を垂れ流したという。

「それからはみなにからかわれ、虐められ、寺子屋もやめてしまった。たぶん、子どもたちは、秀直の頭のよさを妬んでいたのだと思います。ですから虐めは激化していきました。虐めた連中のなかにわしも混じっておったのだが、というより、わしが中心になって虐めたのですがね」

といって蘇枋は笑った。

蘇枋には含むところのない風太郎も、このときはむかついた。子どものころ、風太郎も執拗な虐めにあっていたからだ。

「わしと秀直は家が近所だったから、なにかの集まりでいっしょになるたび、そのことを持ちだしてからかったものですよ。からかわれても笑っているだけの秀直でしたが、本心は悔しかったのでしょうなあ。父の身代を受け継いだのち、店を二倍にも三倍にもしたのも、わしへのあてつけだったと思いますよ」

盃を空け、

「いまはおなじ隠居の身だが、糞ったれのあいつの方が、わしの何十倍もの金を握ってやがる」

といった蘇枋の目が青白く光っていた。「あいつより劣っているという苛立ち」といった蘇枋の言葉は、冗談ではなかったようだ。

「なんてこった……」

次の日の朝、読売を読んだ江依太の口から飛びだしたのが、この言葉だった。

読売には、

『殺された石屋の為五郎の息子、辰之助（たつのすけ）は盗人で、それを雁木百合郎と岡っ引きの吉治郎が捕縛したらしい。

その際、辰之助が盗みためておいた五百両を雁木と吉治郎が盗み、吉治郎の住まいの床下に、ほとぼりが冷めるまで隠していたようだ。

辰之助は遠島になり、何者かによって島で惨殺されたと噂で聞いた。

為五郎は不治の病に冒されていたのではないか。

もう長くない命だと知って息子の復讐を企て、吉治郎の住まいに押しこんだが、逆に殺されてしまった。どうやらこれが真相のようだ』

などということが、いかにもそれらしく書かれていた。

「くそう……どこでこんな情報（ねた）を仕入れたのだ、権丈は。変な動きをしていたなどとは聞いてねえぞ」

伊三が読売を投げ捨てた。江依太たちの知らない、為五郎の息子の名まで書いてある。

そもそもなぜ、おれは石屋の為五郎だ、怨みを晴らさせてもらう、と叫ぶ必要があったのか。江依太はそれがずっと引っかかっていたが、この読売の記事につなげるためだった、といま理解した。

　吉治郎が血まみれで表に出てくるのも、下手人の手で周到に計画されていたことなのだ。

　叫び声が聞こえたとき、為五郎はすでに死んでいたにちがいない。叫んだのは、為五郎を殺し、吉治郎と百合郎を嵌めた人物だ。

「くそ野郎ども、許さねえ」

　江依太は思わず叫んでいた。

　お登世がいれてくれた茶をのんでいた啓三と金太は茶碗を取り落としそうになるほど驚いた。江依太が真っ赤になって怒鳴ったところなど、みたことがなかったからだ。

　慈庵がくれた肝の臓の薬をお登世に煎じてもらい、のもうとしていた作造の手もとまっている。お登世も、啞然とした顔を江依太に向けている。

　一瞬、場が凍りついたようになった。

「どうするつもりだ。なにか考えがあるのか」

　伊三がいった。口をひらいた伊三に、みながいっせいに目を向けた。そのあと、江依太に目を戻した。

「輪廻寺の賽銭箱に文を放りこんで、相手を誘いだす」

江依太がいった。

「そいつは無茶だ」

作造がいった。煎じ薬の入った湯飲みを手にしたまま、のんでいなかった。

「おいらたち全員の面が割れてる、といいたいのか」

「役人と岡っ引きを罠（わな）にかけようとするような連中だから、雁木の旦那や吉治郎親分の周辺はかなり綿密に調べあげてるとみなければならねえだろう」

「それでも挑発すれば、おもしろがってのってきそうな連中だとみたのだが」

「それならなおさら危険だ。あいつらの正体はわからねえが、石屋の為五郎を殺しているのはまちげえねえ。近づいたおめえを拐（かどわ）かし、密かに殺す、ということも考えられるだろう」

「それでも……」

江依太は諦めきれなかった。

「おれがやる」

湯飲みを脇において、作造がいった。

「江依太の身が危険なら、おめえだっておなじだろう。しかも、まだ本調子じゃねえようだし。そんな身体じゃ、万にひとつのときに逃げようにも逃げられねえだろう」

伊三がいった。

「だけど、だれかがやらなきゃ。ほかに、奴らに近づく方法はねえんだろう」

「わたしがやります」

みながいっせいに声のしたほうをみた。

いったのはお登世だった。

「お屋敷奉公をしていましたので、顔は知られていないと思います。なにをやればいいのですか」

「だめだ、そんな危険なことはやらせられねえ」

作造が叫んだ。

「父が助かるなら、わたしはなんでもします。なにをどうすればいいのか、おっしゃってください」

みなが黙りこんだ。

「奴らは大金を要求しているのだろう。それはどう工面するんだ。おれたちの持ち金すべて集めても五両にもならねえんじゃねえのか。五両といえば、おれにとっちゃあ大金だけど、ここの床下にあった三百両や、三五郎の枕元に転がっていた千両を考えれば、桁がちがいすぎる」

啓三がいった。

「捻木の三五郎からは金を取ってねえ。大金を積めば、というのは、大量の文が舞いこむのを避ける方便じゃないのか、そんな気がする」

江依太がいった。

仮に大金をよこせ、といってきたら、いつでも相談にのってやる、といってくれた安食の辰五郎を頼るつもりだった。

江依太がお登世に目を向けた。

お登世がうなずいた。強い決心が顔に表れていた。

「わかった、お登世さんにやってもらおう」

「おれは反対だ」

作造が、悲痛な声でいった。

江依太も、できることならお登世を巻きこみたくなかった。けれどもほかの方法を思いつかなかった。

「あいつらに近づく知恵が、ほかにあるか」

江依太が尋ねると、

「それは……」

と作造はいった。しかしあとがつづかず、黙った。手を握りしめている。

伊三と啓三、金太に目を向けると、三人とも首を振った。

「どうすれば」

お登世がふたたび尋ねた。

「いま文を書くから、それを輪廻寺の賽銭箱に放りこんでもらいてえのだ」

「そのまえに、お登世さんの住まいを決めねえといけねえんじゃねえのか」

啓三がいった。

「住まいだと」

また作造が大声をだした。啓三と作造の仲はまだ険悪なままだ。

「文には名と住まいを書くのだろう。そうしないと、文を投げこんだのがだれだかわからねえからな。奴らは当然、文を投げこんだ者を調べあげる。ここにいたのでは、吉治郎親分とすぐ結びつけられちまう。そうさせないために、ほかに移ったほうがいいんじゃねえかと……」

啓三がいった。

「だけど、身辺を調べあげるのなら、その住まいに引き移って間がないこともわかっちまう。そうなると罠だと気づき、姿をみせねえんじゃないのか」

作造がいった。

「住まいを変えなくてもいい」

いった江依太に、みなが怪訝そうな顔を向けた。

「たったいま、文の内容を思いついた」

第四章　虎雨

一

『輪廻寺』は谷中にあった。

建立は徳川将軍が江戸入りしたころだというから、由緒ある寺だ。が、五代目の覺念という坊主がその立派な名を辱めるような生臭で、人知れず、根津権現まえあたりの女郎屋で女を買っていた。しかしそれでも飽き足らず、ついにひとの女房に横恋慕してこれを待ち伏せ、辱めてしまった。

それが寺社奉行に知られるところとなり、覺念は島に送られた。

それが七年まえの話で、そのあと流行病で死んだ多数の屍体を境内に埋葬していたことに端を発した幽霊騒ぎなどもあり、輪廻寺を継ごうとする坊主が現れなかったようだ。

いまでは廃寺のような格好で放ってあった。

仏像や鐘、その他、金目のものはとっくに盗まれていて、本堂にはなにもないが、それでも壁の板にまでは泥棒の手も伸びておらず、荒れ寺なりの風格は備わっていた。

覺念の強突く張り振りをよく表しているといわれていた階段上に備えつけの賽銭箱は立派で重々しい。

だれかが賽銭を盗もうとでもしたのか、方々に刃物疵はついているが、破られた形跡はない。しかし一文の銭も入っていない。というのも、残っていた賽銭をすべて、細い竹の先につけた鳥黐で絡め取った者がいたからである。

「おいらたちは面が割れている。ここからは一人でいってもらうけど……」

お登世には江依太と作造がついてきていた。

伊三が、

「おれがいく」

といったのだが、作造が、

「いや、おれがいく」

といってきかなかったのだ。

「お登世は気が強くて頑固だ、と父はいっていませんでしたか」

お登世がいった。不安そうな顔はしていなかった。

お登世は顔をあげ、そのまま輪廻寺の参道を歩いていった。

夕暮れ刻で、あたりは薄暗くなりつつあった。

「作造、おめえ、どこで寝泊まりしている」

お登世のうしろ姿がみえなくなるのをたしかめると、江依太がいった。

「なんの話だ」

「お登世と三人で飯を食った夜のことは憶えてるな。一昨日(おととい)だから忘れようがねえだろう」

作造は怪訝(けげん)そうな顔で江依太をみた。

「昨日の朝、おめえが寝こんでるんじゃねえかと思って、親分の住まいにいくまえに、おめえの長屋を訪ねてみたのだ」

「…………」

「となりの女房が、『作造さんは、昨夜は帰ってこなかったようですよ』と教えてくれた。おいらはどこかで行き倒れてるんじゃねえかと心配になり、みんなの力を借りておめえを捜そうと、親分の住まいに駆けつけた。すると、呑気に煎じ薬をのんでいるおめえがいるじゃねえか」

作造はしばらくうつむいていたが、やがて、

「わかった、白状する」

といった。

「あの日の夜から、慶光院の床下に潜りこみ、そこで寝ているのだ。夜中に幾度か、吉治郎親分の住まいを見廻っている」

慶光院は、吉治郎の住まいから半町（約五十メートル）ほどのところにある小さな寺だ。

「おめえ、まさか、お登世にひと目惚れか」

「ば、莫迦、そんなんじゃねえ」

作造は慌てて否定したが、土気色の顔にやや赤みが差していた。

「実はな……知ってるかもしれねえが、おれは、雁木の旦那の悪口をいいふらしていたんだ」

宗壽という骨董の目利きの隠居が殺された事件があった。そのとき、下手人は雁木百合郎ではないか、という噂が立った。

噂を立てたのは作造ではないか、と考えたのを江依太はいま思いだした。

「雁木の旦那にそれを告げ、許しを請うたら、こういわれた」

『おめえが一人めえになったら許してやる。それまでは絶対許さねえからな』

「おれのような頭の悪い奴が一人めえの岡っ引きになるのは無理だ。そのうえ、ついていた由良の旦那が病で亡くなられた。おれなど、どの旦那も引き取ってはくれず、途方に暮れ、自棄になって酒に逃げた。おのれの部屋で小便まで垂れ流すようになっていたとき、おめえがやってきて頭から水をぶっかけてくれたんだ」

作造は話をきり、お登世の消えた先に目をやった。

「あれで目が醒めた……だれかが助けにきてくれるのを待っていたのかもしれねえ。おれは頭が悪いうえに甘ちゃんだからな」

作造は江依太に顔を向けて笑った。泣いているようにもみえたが、笑ったのだろう。

「わかった。だが、湯にいき、月代は剃れ。汗くせえぞ」

「そうする」

お登世が荒れ果てた輪廻寺の本堂についたとき、あたりにはまだかすかな明かりがあった。

本堂には、割れたり横板を剝がされたりした木の階段が五段あり、その上に大きな賽銭箱がおいてある。

枯れ草に覆われ、そのあいだから新芽が伸びはじめた境内に目を配ったが、ひとの気配はなかった。だれかに踏み荒らされた跡もない。

江依太からは、なにかあったり、人影をみたりしたら大声で叫べ、といわれていたが、なにも起こりそうになかった。

お登世は足許に気をつけながら階段をのぼり、江依太からあずかった文を賽銭箱に投げ入れた。なかを覗いたが、真っ暗でなにもみえなかった。

風で裏の竹藪がざわついた。鴉の鳴き声もどこからか聞こえてくる。

お登世は不気味さを覚え、階段を降りて引き返した。

お登世が引き返してくる姿をみた江依太と作造は、隠れていた杉の陰から出てきた。

「なんともなかったかい」

「はい。ひとの気配はありませんでした」

作造は、お登世が歩いてきた参道に目を向けている。

「よし、帰って、あとは奴らの出方を待とう」

三人は、輪廻寺をあとにした。


これよりややまえ、輪廻寺の本堂の床下から手を伸ばして賽銭箱の底をあけようとしていた風太郎は、ひとの足音らしいのを耳にし、慌てて柱の陰に身を潜めて息を詰め、じっとしていた。足音は階段をのぼり、そして降りた。そのあとはなにも聞こえなかった。床柱の隙間から外を覗くと、黒い影が遠ざかっていくのがみえた。

はっきりはしないが女のようであった。

影は消えた。

それでも風太郎はしばらく動かなかった。

ようやく動き、賽銭箱の底板をずらした。賽銭箱自体は本堂の廊下板に釘(くぎ)で打ちつけてあるが、底板は、平野平左衛門の知りあいの盗人(ぬすっと)が施(ほどこ)してくれた細工で、板を三枚動かすと一枚外れるようになっている。

この盗人は大工も兼ねていて、家を建てるときには施工主にわからないような細工を施し、いつでも忍びこめるようにしておくのだとか。

底板を外し、そこから手を入れて探ると、結ばれた二通の文がみつかった。

賽銭箱の底板を元どおりに嵌め直した風太郎は、本堂の床下から裏の竹林に抜けて姿を消した。

「きょうの読売の話は、どうやらほんとうのことのようでございます」

奉行所に戻ってきた藤尾周之助が、筆頭同心の川添孫左衛門にいった。

「為五郎の息子、辰之助とつるんでいた連中をみつけ、話を聞いたところ、辰之助が盗人だとは知らなかったが、金を貯めこんでいたのは知っていた、という者が二人もいまして、その金がどこからもみつかっておりません。雁木が書いた報告書にも目をとおしましたが、金の話はいっさい書かれておりません。雁木と吉治郎が盗み、口裏をあわせているにちがいありません。吉治郎を吟味与力さまにあげましょう。拷問にでもかければ、すぐ落ちますよ」

辰之助とつるんでいた連中をみつけて話を聞いた、というのは藤尾のでっちあげだ。為五郎が住んでいた長屋や近所に住む者たちの話は聞いたが、手掛かりになるようなものはなにもつかめなかったのだ。

「だが、伝聞だけでは吟味与力さまも納得はなさらぬだろう。苦労をかけるが、これ、という手証をみつけだしてくれ」

藤尾は不満そうな顔をし、

「川添さまは、それがしより、雁木百合郎や、たかが岡っ引きの吉治郎をお信じなさいますのか」

語気荒くいった。

「そういうわけじゃないのだが、吉治郎に処罰がくだったあと、あれはまちがいだった、との誹り（そし）りを受けたくないのだ。おぬしのいったように、わしは小心者だ。同心のお勤めも長くはないのでな、汚点を残してやめれば、世襲する息子の評判にも傷がつく」

藤尾は忌々（いまいま）しく思ったが、川添ならさもありなん、とおのれを納得させるしかなかった。だがこのまま手証を探しても、みつかるとは思えなかった。ここはひとつ、深川の隠居に相談してみるか。あの隠居ならなにかいい知恵を授けてくれそうだ、と考え、こみあげてくる怒りを押さえつけた。

「しかし……」

川添がいった。

「しかし、なんですか」

「いや、わしはおぬしという人物を見誤っていたかもしれぬ、と思ってな。辰之助とつるんでいた者たちをたった一日でみつけ、話を聞いてくるなど、だれにでもできることではない。いや、おぬしにしかできなかったであろうな。その証に、ほかの者はなにもつかんではこなかったのでな」

いまの言葉には裏があるのでは、と藤尾は思ったが、川添は無表情で、なにも読み取れなかった。


「一通は、『おんなにもてるようにしてくれ』と書かれた阿呆の文だが、もう一通はおもしろいぞ、風太郎」

風太郎が持ち帰った文を読んだ蘇枋が、にっと笑いながら、風太郎によこした。

蘇枋からわたされた文には、

『無実の罪で奉行所に捕まっている父、岡っ引きの吉治郎を救いだしてください。救いだしていただければ、お礼の金子は、吉原に身を沈めてでも作ります　霊巌島町　吉治郎の娘　登世』

としたためられてあった。

「どうだ」

「父親の無実を晴らすために吉原に身売りした娘、となれば、世間は大騒ぎすることまちがいなし、でしょうね。健気を絵に描いたような娘だ」

風太郎はお登世の文を読んでも、気の毒だとか、可哀想だとか、そのような感情は湧きあがらなかった。莫迦な町人が勝手に踊っている、と思っただけだ。

風太郎は子どものころ背が低くて身体が弱く、痩せ細っていた。近所の子どもたちの遊びにもついていけなかったためかよくからかわれ、虐められた。大人もみて笑っているだけで、だれも助けてはくれなかった。それで世間や大人を憎んで育った。町人がどうなろうと知ったことではないのだ。

「その娘をみたことがあるか」

「いえ、吉治郎と鬼瓦のあとを尾け廻していたころ、いっしょには住んでいませんでしたので。しかし、吉治郎に武家奉公している娘がいることは耳にしていました」

「これをやらせれば、江戸中がひっくり返るような騒動になるぞ。地団駄を踏んでいる虎雨の顔がみえるようじゃないか」

蘇枋が意地汚い笑顔を浮かべた。

「安全を期すためには、生き人形が裏で糸を引いていないかどうか、それをたしかめておくべきでしょうね」

「生き人形だと……おまえが気にしていた岡っ引き見習いか」

「まだ若いですが、なかなかの切れ者らしく、だれも思いつかないような突飛なことが閃くのだとか」

「では、この文は、生き人形の罠だといいたいのか」

「たぶんそうでしょう。こっちが連絡をつけてくるのを待ってるのでしょうね。輪廻寺の情報も、三五郎を捕まえている北町奉行所のだれかから仕入れたにちがいありません」

蘇枋がにっと笑っていった。

「策略ならおまえも負けちゃいないだろう。もし生き人形が策を弄しているのなら、その裏をかいて、騒ぎを大きくしろ」

「もう考えてあります」

朝、明け六つ刻（日の出の時刻）をややすぎた時刻だった。

突然玄関の戸が叩かれた。

それぞれに近所で一夜を明かし、すでに集まっていた江依太、作造、伊三、啓三、金太、それにお登世の六人は、びくっとして玄関戸をみつめた。

お登世が江依太の顔をみた。

江依太はうなずき、お登世に出るように促した。

「はい……」

お登世が戸口のまえまでいって返辞をすると、

「こちらにお登世さんはいますか」

と、幼い声がした。

お登世は玄関の引き戸をあけ、

「わたしが登世ですが、どんな要件かしら」

と聞いた。玄関に立っていたのは十歳くらいの男の子で、手に文らしきものを握っていた。

「これをお登世さんにわたしてくれって頼まれた」

といい、手にしていた文らしいものを差しだした。

お登世はそれを受け取り、

「ちょっと入って、お菓子があるから」

といって子どもの腕を取り、土間に誘った。

「早く帰らないと。掃除の途中だから、おとっちゃんに叱られる」

「尋ねてえことがあるのだ。なに、暇は取らせねえ」

江依太がいった。

土間にいる五人の男たちをみて、子どもは腰が引けた。一瞬、逃げようと考えたようだが、お登世が立ち塞がっているため、逃げられなかった。

「安心しろ、なにもしねえから。ただ、話が聞きてえだけだ」

江依太が話しかけると、子どもはまじまじと江依太の顔をみていたが、やがて、はっとしたようにうつむき、そのまま二、三度うなずいた。

「おめえの名はなんというのだ」

江依太は懐から財布を取り出すと、一文銭をざらっと掌にあけ、数えもせずに子どもの手に握らせた。

「太七」

太七は掌の銭をみていたが、ぐっと握って江依太に目を向けた。

「よし、太七。どこでだれに文を頼まれた」

「家のまえで掃除をしていたら、編み笠をかぶった二本差しの男がやってきて、吉治郎親分の家を知っているか、と聞くものだから、知ってるというと、この文を届けてくれれば十文やるといわれ……」

「おめえの住まいはどこだ」

「富島町二丁目、亀島橋の近く……」

「そいつが着ていたものは」

伊三が立ちあがり、叫んだ。すでに土間から飛びだそうとしている。

「よく憶えてないけど……袴(はかま)ははいてなかった」

「着流しで深編み笠の侍だな」

伊三が飛びだすと、金太がついていった。

「ほかになにか、その侍のことで憶えていることはないかい」

太七はしばらく考えていたが、

「がりがりに痩せていた。刀が重そうだった」

といった。

「声はどうだ。若い声だったか、年寄りの声だったかわかるか」

太七は首を振り、握りしめていた手をみた。銭を返せ、といわれると思ったのかもしれない。

「ありがとな、助かった。もう帰ってもいいぜ」

江依太がいうと太七はぱっと明るい顔になり、土間から飛びだしていった。

お登世が真っ青な顔をして立ち尽くしていた。ひろげた文が手にあった。

江依太はお登世から文を取り、読んだ。

『吉原に身を沈めたら、父親を助けてやる。みているぞ』

太七が届けてくれた文には、これだけがしたためられてあった。

お登世が不安そうな顔で江依太をみていた。

「やれるか」

江依太が聞いた。

「父のためですから、やります」

お登世がいった。

伊三と金太は半刻ほどで吉治郎の住まいに戻ってきたが、

「着流しの二本差しはもうどこにもいなかった」

といった。

二

次の日。

『笠子屋』の読売には、父の無実を晴らすために、新吉原の半籬(はんまがき)の妓楼(ぎろう)『小松屋(こまつや)』に身を沈めたお登世のことが、涙なしには読めないだろう、というような煽(あお)り方で、大々的に報じられていた。

「こんなことして、相手が連絡(つなぎ)をつけてこなかったら、親分が悲しむどころか、おれらは親分に殺されるぞ」

読み終えた読売を丸め、土間に向かって投げ捨てながら、伊三がいった。

昨夜、江依太は屋敷が近いというので帰ったが、ほかは、吉治郎の住まいに泊まったのだ。

「これからどうするのだ、江依太」

伊三がいった。

「辛抱強く待つしかない」

「相手が笑ってみているだけ、だったら」

江依太もそれが気になっていた。もしも、世間を騒がせてそれをおもしろがっているだけの奴らなら、祝杯でもあげてみているだけ、とも考えられるのだ。

だがほかに打つ手はなかった。

筆頭同心の川添孫左衛門が、

「雁木には五日ほど牢に入ってもらう」

といった五日目は、昨日だった。けれども、百合郎は屋敷に戻ってこなかった。

このままいけば、百合郎と吉治郎は石屋の為五郎殺しの罪を着せられ、打ち首にならないともかぎらない。

江依太にとっても、苦渋の決断だったのだ。

「だったら、だったら、というのはやめてくれ」

江依太が叫んでいた。

「これをみろ、風太郎」

蘇枋は、風太郎に与えている部屋の襖戸を引きあけた。

「風太郎」

声をかけたが、風太郎が布団から起きあがることはなかった。

「具合が悪いのか。まさか死んでるのではなかろうな」

蘇枋は枕元に立ち、覗きこんで声をかけた。

風太郎が顔を動かして蘇枋をみた。その顔が赤かった。昨夜、どうも熱っぽいといっていたが、まだ熱が引かないのだろう。

「熱が引かなくて、身体が怠(だる)い」

「平野さまが近所で求めてきた読売だ、読めるか。おまえの見込みどおり、お登世が吉原に身を沈めたぞ」

風太郎はもそもそと起きあがり、読売を受け取って目をとおした。

この記事はどこかおかしい、と思ったが、熱のある頭ではその先を考えることはできなかった。

「これからどうする」

「蘇枋さまがお登世を身請けし、嬲(なぶ)っておやりになりますか」

「それもいいな。親父を嵌めたのはおれだ、と白状してから、死ぬまで弄(もてあそ)ぶのもおもしろかろうな」

だがそれでは世間は騒がず、おもしろくない。いまや蘇枋は、世間の阿呆どもに糸を結びつけ、それを操(あやつ)って踊らせる魅力にすっかり取り憑(つ)かれていた。

「まあ、しばらくは放っておきましょう。文を出した相手がなにも連絡をつけてこないと知れば、弄ばれたことに気がつくはずですから、それからがまたお楽しみ、というところでしょう。世間を泣かせて煽るような記事なら、いくらでも書かせられます」

「自死でもしたらどうする」

「それもまた読売のねたになり、虎雨さまは地団駄踏んで悔しがられましょうな」

蘇枋はじっと風太郎をみおろしていたが、

「おまえ、だんだんわしに似てきてはおらぬか」

といい、それもよい、と声を出して笑いながら部屋を出ていった。

風太郎は、蘇枋の台詞につづく言葉を頭のなかで聞き取っていた。

『虎の威を借りた狐がいくら虎に似てきても、所詮は狐。虎にはなれぬよ』

このところ、蘇枋の言動にひとつひとつむかっ腹が立つ。

たぶん、幼いころから虎雨を虐めつづけた話を聞いた、あのあとからだ。

風太郎は、ふん、と鼻で笑い、読売を放り投げてから横になった。

新吉原の大門をくぐって仲之町をまっすぐいくと、突きあたりに『水道尻』がみえてくる。その手前の左の通りが『京町二丁目』で、通りの入り口に屋根つきの黒門がある。

黒門をくぐった左手の四件目に『小松屋』はあった。

あたりには小松屋とおなじような、あまり格式を重んじないような半籬の見世が多く、夕七つ刻（午後四時）をすぎたばかりだというのに、通りは大賑わいをみせていた。

総籬の大見世なら、まず茶屋にあがり、そこから妓楼に使いをだして花魁を呼ぶのがしきたりだが、このあたりの見世は、直接客をあげる。

「ごめんくださいまし」

六十代半ばの男が小松屋の暖簾をわけた。小柄で色黒だが、贅を尽くした身形をしている。

玄関の脇には半籬の張り見世があったが、すでに遊女の姿はなかった。

小松屋は一階が二十畳ほどの板張りだった。長暖簾で仕切られた奥の間で、客のついていない遊女が握り飯を食いながら茶をのんでいた。その奥が調理場と湯殿などになっているようだ。

右手に幅の広い階段がついている。この広さは、客を連れて二階にあがる遊女と、客を見送るために階段を降りていく遊女たち四人が楽に擦れちがえることを見越してのことだ。

握り飯をほおばっている遊女が、暖簾をわけた男にちらっと目をくれたが、歳を取っているせいか、飯を食うのが先なのか、立ちあがって出迎えようとはしなかった。

「いらっしゃいまし……」

一階番らしい若い衆が音もなくやってきて両膝をついた。

「遊ばせてもらいますよ」

「ありがとう存じます。どなたかお目当ての花魁が……」

「いや、読売に載っていたお登世と遊んでみたいものだと思いましてね」

若い衆は渋い顔をした。

「どうした、あの読売は嘘なのか」

「まあ、どうぞ、お二階へ」

一階番は、掌で階段の二階を差し示したが、案内してはくれなかった。その代わり、

「お客さんだよ」

と、二階番に声をかけてくれた。

二階にあがると、そこに七、八人の男がいて、二階番らしい四十代の男となにやらいい争っていた。

「読売の記事は嘘じゃありませんが、昨日、きょうの話で、お登世はまだ見世には出ておりません。出るとしても、しばらく振新（ふりしん）で修業しますから、早くても、客を取るのはひと月ほどあとのことになります」

二階番がいっているのが聞こえた。

振新というのは『振り袖新造』のことで、遊女ではあるがまだ見習いのため客は取らせない。『新造』として客を取るためには、男をあしらう手練手管（てれんてくだ）も含めてさまざまなことを憶えなくてはならないのである。

客はまだなにか文句を並べ立てていたが、

「なんなら、ほかの遊女（ねえさん）になさいませんか。うちの遊女は粒ぞろいで、男を喜ばせるのはほかの見世にひけをとりませんから、きっとご満足いただけると思いますよ」

といった。しかし客は相手にせず、ぞろぞろと階段を降りていった。

「金を積んでも無理かね。二、三百両ならなんとかするが」

階段をあがってきたばかりの、小柄な老人がいった。

二階番は一瞬興味を引かれたようすだったが、すぐに頭を振り、いった。

「しきたりでございますから」

「そうか、しきたりなら、無理もいえまいね。ではお登世に深川の島田町から蘇枋が会いにきた、と伝えておくれ。新造になったらまたくる、とね」

といい、二階番に一両小判を握らせてから階段を降りた。

二階番がついてきて、玄関のあがり框で腰を折った。

「ありがとう存じました」

二階番が階下まで降りてくることは滅多にない。そのうえ腰まで折ったのが気になったのか、主の藤七が内証から出てきて、

「ずいぶん金のかかった身形の隠居さんだけど、名を伺ったかい」

と聞いた。

「蘇枋と名のっておられました。お登世に深川の島田町から蘇枋が会いにきた、と伝えてくれと」

「蘇枋……お登世に会いにきた……」

藤七は訝しげな顔をした。

「おまえが名を尋ねたのかね」

「いえ、お客さまから、二、三百両ならなんとかするが、とおっしゃいまして、しきたりだと申しあげましたら、深川の島田町から蘇枋が会いにきた、と」

「すぐ先ほどのお客さまの跡をつけ、住まいを突きとめてきておくれ。まともに顔をみたのはおまえさんだけなんだから。いいね、見失うんじゃないよ」

と、慌てたようすで命じた。

二階番は怪訝な顔をしたが、

「ぐずぐずするんじゃない」

と怒鳴られ、

「へい」

といって下足番の爺さんから草履をもらい、出ていった。

「わたしはちょっと出かけてくるから、あとを頼むと女将に伝えとくれ」

と下足番にいいおいた藤七は、そそくさと玄関を出た。

『小松屋』の主人、藤七が駕籠で向かったのは、神田岸町だった。そこには、博徒の親分、安食(あじき)の辰五郎の住まいがあった。

藤七が案内(あない)を乞うと、辰五郎は藤七を『麦屋(むぎや)』に連れていった。

麦屋は、辰五郎が母に任せている小料理屋だ。

「なんだと、お登世を買いにきて蘇枋と名のった男が、蘇枋ではない別人だというのか」

「そいつは面妖(めんよう)だな」

呟(つぶや)いた辰五郎はやや考え、藤七に尋ねた。

「暇はあるか」

「親分もご存じのように、見世を取り仕切っているのは女房でございますから」

藤七の女房は花魁あがりで、藤七はいいように使われ、頭があがらない。とはいえ、そこは妓楼の主として鍛えた男で、橋場に妾(めかけ)を二人栫(かこ)い、辰五郎の賭場の常連でもあったため、親分、藤七と呼び慣わしている。

「じゃあ、酒でも呑みながら半刻（一時間）ほど待っていてくれ。いっしょに話を聞かせてえ奴がいる」

といって辰五郎は立ちあがり、廊下へ出て声をかけた。

「爺さんはいるか」

すぐ母親の節がやってきて、

「なんだねえ、大声をだして。ほかにもお客さんがおいでなのだよ」

とたしなめた。

「爺さんを呼んでくれ」

「またそんなことといって。あんたの父親じゃないか。清八って名もあるんだよ」

「おれは親父だとは認めてねえ。急ぎの用なんだ、早く呼んできてくれ」

母が退がると、すぐ清八がやってきた。

「なにか用ですかい」

清八はまちがいなく父親だが、辰五郎には丁寧な口を利いた。

辰五郎とは二十年以上もはなれていて、帰ってきたばかりだった。辰五郎は清八を親とは認めねえといっているし、清八もまだ辰五郎に馴染めない。

「霊厳島へいって、江依太を呼んできてくれ。聞かせてえ話があるといってな。駕籠を使え」

と辰五郎はいい、一分銀を四枚握らせた。

神田岸町から霊厳島まではおおよそ半里（約二キロメートル）強。江依太が吉治郎の家にいれば、半刻で戻ってこられる。

江依太は、半刻もかからずにやってきた。駕籠について走ってきたようで息をきらしている。

「なにか話があるそうですが」

座敷に入ってきた江依太がいった。

「清八は、駕籠を使えといわなかったのか」

辰五郎が、呆れたようにいった。

「勧められたんですが、若いもんが駕籠なんか使っちゃ、申しわけねえようで」

と江依太はいいながら食卓のまえに腰をおろした。食卓にはお銚子が一本と、料理が三皿並んでいたが、口をつけたようすはなかった。

「そうか、まあいい。こちらが此度のことにひと役買ってくれた、小松屋の主、藤七だ。そいつが筋書きを拵えた江依太だ」

江依太は改まり、

「お世話になりました」

といって頭をさげた。

お登世を吉原に沈める芝居を書いたのだが、協力してくれそうな妓楼主を知らないか、と江依太が辰五郎に相談したとき、それなら打ってつけの奴がいる。おれには二百両ほどの借りがあるから、百両棒引きにするといえば厭とはいわねえだろうといい、あとは任せろ、おめえらは表に出ねえ方がいい、と文をくれた人物を騙す大芝居を引き受けてくれたのだった。

笠子屋に、お登世が吉原に身を沈めたという情報を流したのも、辰五郎の配下だった。

お登世はすでに小松屋にはおらず、両国で芝居を打っている『鈴成座』の鈴置雪乃丞という役者が匿ってくれている。

「会うのを楽しみにしてたのですよ」

藤七がいった。おもしろいことを考える人物がいる、と江依太に興味を持っていたのだ。

「話してくれ」

辰五郎がいった。

「お登世と遊ばせてくれ、という客が大勢詰めかけたのです。そのなかの一人に、蘇枋と名のるお客がいましてね」

「それが」

「わたしは蘇枋という人物を知っているのです。元札差で、いまは深川の島田町に隠居所をかまえておられます。まだ隠居まえの話ですが、小松屋に馴染みの遊女がおりまして、かなり頻繁(ひんぱん)におみえになっておられましたので」

「それで、蘇枋の名を騙(かた)った男のなにが気になったのだ」

「二、三百両なら都合がつくといい、お登世に、深川の島田町から蘇枋が会いにきたと伝えてくれ、とおっしゃったのには、なにか裏があるのではないか、と咄嗟(とっさ)に考えまして。番頭が聞きもしないのに、自ら、島田町、というのは、念が入りすぎているのではないか、と……」

「二、三百両なら都合がつく、深川の島田町からきた蘇枋だと、自ら名のったのだな」

　辰五郎がいった。

「はい、二階番の番頭はそういっておりました」

「その人物は、金があることと、蘇枋の名と住まいを印象づけたかったようですね」

　腕を組んだ江依太がいった。

「なんのために……だ」

「お登世さんは、吉治郎親分を助けるために、吉原に身を沈めた、と読売には書いてありました。小松屋には親分の配下が潜りこんでいるのではないか、と考えてもなんら不思議はありません。その者たちに、蘇枋を調べてみろ、という謎かけだったのではないでしょうか」

その客は、お登世が吉原に身を沈めたのは、芝居だったと見抜いているのではないか、とも江依太は思った。

「なるほどなあ……どんな奴だった。その蘇枋と名のった客は」

「わたしは横顔とうしろ姿しかみていないのですが、痩せて小柄なお方で、贅をこらした形をしておいでした。すぐ番頭に尾行を命じましたので、住まいなどを突きとめているかもしれません」

「そいつはお手柄だ、よくやってくれた」

と辰五郎はいい、

「まあ、呑んでくれ」

といって、藤七に酌(しゃく)をした。

藤七が恐縮したように頭をさげた。

「夕食はまだなんでしょう」

お節と清八が膳を運んできた。

「おお、食っていけ……だが、これからどうする」

「蘇枋を調べてみろ、と謎をかけられたのなら、のってみるしかないでしょう」

といって江依太は箸を取ったが、

「蘇枋ってえのはどんなお方なんですかい」

と藤七に尋ねながら箸に目をやり、結局箸おきに戻した。

「浅草森田町で『蛭子屋』という屋号の札差をなさっておいででした。旗本や、大名にまで高額な貸しつけをなさっていたようで、一時期は、遊びも派手だったと伺っておりますが、あるとき、なにもかもがつまらん、とおっしゃって、隠居なさったとか」

といって藤七はやや考え、

「うちの遊女に入れこんでおられたのは、派手な遊びの反動だったのかもしれませんなあ。ふつうなら、札差の旦那が半籬で遊ぶことなど、あり得ないことですから。しかしまあ、それもふた月ほどのことでしたけど」

と、呟くようにいった。

「蛭子屋を裏で牛耳っているのは、いまも蘇枋でしょうか」

「さあ、詳しいことはわかりかねます。隠居なさってからの話は耳に入っておりませんので」

藤七は盃を空け、帰っていった。

「雁木の旦那のことはなにか耳に入ってねえですかい。おいらたちにはなにも聞かせてもらえなくて」

江依太が辰五郎の顔をみた。博奕打ちの元締めなら、奉行所にも間諜を潜りこませているのではないか、と考えたのだ。

「辰之助って知ってるか」

「おいらが岡っ引き見習いになる以前の話ですから、顔をみたことはありませんが、読売で名だけは。殺された石屋、為五郎の息子で盗人だったとか」

「そいつの金を鬼瓦と吉治郎が盗んだ手証を、藤尾周之助が必死で探しているらしい、ということだけだな。鬼瓦は日がな一日、牢屋で寝てるそうだぜ。ある人物が耳に入れた鬼瓦の呟きによると……」

といって話をきり、じっと江依太の顔をみて話の穂を継いだ。

「そのうち江依太がここからだしてくれる」

と聞こえたそうだ。

江依太は瞬時、戸惑ったような顔をしたが、その話にのると涙が出そうだったので、

「藤尾さまは、本気で雁木の旦那がそんなことをやった、と信じておいでなのでしょうかねえ」

と話を変えた。

「藤尾ってえ野郎は、手柄を立てたことがねえそうじゃねえか。初の手柄を立てようと必死なんじゃねえのか」

「なんかしっくりこねえんですけどね。おっとりしていて、手柄争いなどには縁のないお方のようにお見受けしていたものですから」

「ここんところ、それが変わったってえ話も耳にへえってるぞ」

江依太は感心したような顔で辰五郎をみた。

辰五郎は、ふん、といって懐に手を突っこみ、

「なにかと物入りだろう、取っておけ」

といい、江依太のまえに二十五両の包みをおいた。

江依太が辰五郎をみた。辰五郎がうなずいた。江依太は頭をさげ、きり餅（もち）を懐

に入れた。

結局、江依太は料理に箸をつけないまま帰っていった。

三

深川の島田町は周囲が七町強（約七百七十メートル）ほどの小さな島で、島に出入りするためには、島と木場とを結ぶ筑後橋と、入舟町（いりふねちょう）から島に入る入船橋の二か所の橋しかない。しかも、信濃高遠藩（しなのたかとおはん）三万三千石の下屋敷と武家屋敷が島の三分の一を占め、東西を真ふたつに分断している。

別荘が多く、町家は少ない。

『小松屋』の藤七が話してくれた蘇枋の隠居所は、高遠藩に分断された東の町だとわかった。

「どうする。まったく人影がねえ。おれたちが嗅（か）ぎ廻っていると、不審人物とみなされ、高遠藩の侍にどうかされるんじゃねえか」

伊三がいった。

江依太と作造、伊三、啓三、金太の五人は、木場の材木の陰に身を潜めていた。

「とはいっても、いまのところ、蘇枋という隠居しか手掛かりがねえんだから、探ってみる価値はあると思うぜ」

作造がいった。近ごろは血色も戻ってきて、足腰もしっかりしている。慈庵からもらった煎じ薬が効いてきているのかもしれないが、お登世の作ってくれる朝飯のほうが効果がある、と江依太はみていた。

「ではこうしよう。おめえらそれぞれに手仕事を持ってるのだから、一人ずつ廻って隠居所のようすを探る。あとは三十三間堂(さんじゅうさんげんどう)脇の旅籠屋(はたごや)で待つ。それでどうだ」

江依太たちがいる場所からは、高遠藩の下屋敷が邪魔してみえなかったが、それがなければ西の掘割の向こうに深川三十三間堂がみえるはずだ。

「あの島には、看板屋を必要としているような店は一軒もなかった。そんな町を看板屋がうろつけば『おれを奉行所に突きだせ』と背中に書いてあるのと変わらねえ」

啓三がいった。

「そうだな……では、嗅ぎ廻るのは伊三と金太に任せよう」

金太が脅えた顔をした。

「おれがやる」

伊三がいった。伊三は鋳掛屋で、どんなに小さな島であろうと、ひとの暮らしがあるかぎり、必要とされる商いだ。

「身を隠せ……」

作造がいった。

「どうした」

材木の陰に身を寄せた伊三がいった。

「あれは藤尾さまじゃねえか」

「なに」

江依太が材木の陰から身をのりだした。

入舟町のほうから、堀沿いの道を歩いてくるのは、まちがいなく藤尾周之助だった。

明神下の海次と小三はついてきていなかった。

「なんで藤尾さまがこんなところに……」

みていると、藤尾は新道に曲がりこみ、蘇枋の隠居所がある方向へ歩いていった。新道の角にある楠の大木の枝が風に揺れていた。

「奉行所でも、蘇枋についてなにかつかんだのかな」

江依太がいった。

「それなら岡っ引きを引き連れてるだろう。由良さまも、おれたちに知られたくないなにかがあるときだけ、ひとりで動かれた」

作造がいった。

たしかに奉行所同心が一人きりで動くことは滅多にない。

「とすると、蘇枋に会いにきて、そのことはだれにも知られたくない……そういうことかな」

「たしかめたわけではないので、蘇枋に会いにきたとはかぎらねえがな。蘇枋の隠居所のとなりに、藤尾さまの妹が嫁いでいるかもしれねえし、親戚の住まいがあるのかもしれねえ」

いった伊三は頬被りをしながら、すでに筑後橋をわたりはじめていた。鋳掛けの道具を肩からぶらさげている。

橋をわたりきると、屈み、顔に泥を塗ってから藤尾が折れこんだ新道に入っていった。

隠居所の扉のまえに藤尾が立っていた。

藤尾は左右に目を配ったが、伊三のことは鋳掛屋が歩いているだけだと思ってくれたようで、気にとめたようすはなかった。

伊三は、藤尾周之助に面と向かって会ったことはなかった。奉行所門前の大番所で姿をみられた心配はあったが、同心が下っ引きに目をとめることはほとんどない。

藤尾は躊躇(ためら)うことなく、蘇枋の隠居所の扉を押しあけた。

「そう度々(たびたび)きてもらっては困りますなあ。藤尾さま」

平野平左衛門に連れられ、部屋に入ってきた藤尾をみた蘇枋が、不機嫌そうな顔でいった。

「雁木を陥れる、いい知恵が浮かばぬのだ。なにか、動かぬ手証を手に入れる手立てはないか」

蘇枋のまえに藤尾が胡座(あぐら)をかいた。蘇枋はこれが気に入らなかったようで、

「甘ったれたことをいうな、下っ端役人。それを考えだすためにてめえを飼ってるのがわからねえか」

いきなり立ちあがり、叫んだ。

「そんな知恵もねえのなら、二度とその面をみせるな。ここへは出入り差しとめだ」

藤尾は圧倒され、身体を引いた。

蘇枋とつきあっていれば、ずっと甘い汁が吸え、手柄も飛びこんできて安泰だと考えてきたことがすべて吹き飛んだ。

藤尾は慌てて立ちあがり、部屋から逃げるように駆けだした。悔しさと恥ずかしさがない交ぜになったようで、おのれがわからなかった。

新道から掘割沿いの道に出るとき、伊三は、がりがりに痩せて顔色の悪い男と擦れちがった。月代を伸ばし、矢鱈縞の単衣を着ていた。弁柄色の、長い襟巻きをしている。

男は伊三を気にかけることもなく、新道の奥へ歩いていった。

「藤尾の旦那は、まちがいなく、蘇枋の隠居所へ入っていったぜ」

戻ってきた伊三が、頬被りを取りながらいった。

「いまも話していたんだが、新道に入っていったがりがり男、みたか。慈庵の診療所の近くでおれが見掛けたのは、あの野郎だぜ」

金太が勢いこんでいった。

「なんだと、まちげえねえのか」

金太が深くうなずいた。

「慈庵を見張っていたにちげえねえ。理由(わけ)はわからねえが。蘇枋が命じたのかもな」

「蘇枋……どんな奴か、ますます正体を知りたくなったな。せめて顔だけでも拝んでおきてえ」

いった作造の目が輝いている。

「みろ、藤尾の旦那が出てきた」

啓三がいって顎(あご)をしゃくった。

藤尾は新道から慌てふためいたように出てきたが、入り口あたりで立ちどまり、新道の奥に目を向けた。目つきまではわからなかったが、顔が赤く、怒り心頭に発しているようすは、なんとなくみてとれた。

「なにがあったんだ。あの顔は只(ただ)ごとじゃねぞ。もしかして縮尻(しくじ)ったか」

作造がいった。だが心配しているふうではなく、楽しんでいた。

「かといって、藤尾の旦那や蘇枋に、なにがあったのですか、と尋ねるわけにはいかねえしな」

啓三がいった。

「江依太、おめえ、さっきから黙りこくってなにを考えてるのだ」

伊三が尋ねた。

「がりがりに痩せて……どこかで耳にしたことがあると思ったのだが、どこで、だれから聞いたのか思いだせねえ……」

と口にだした瞬間、閃いた。

「太七……太七から聞いたのだ。がりがりに痩せた侍……」

「そうだ、たしかにそういっていた」

作造がいった。

伊三と金太が顔を見合わせた。

「おめえたちが着流しで深編み笠をかぶった二本差しを捜しに飛びだしたあと、太七が教えてくれたのだ。たしか、刀が重そうだった、ともいっていた」

江依太がいった。

「じゃあ、侍じゃねえのか」

　伊三がいい、新道の方に目をやった。

「さっきのあいつが侍に化け、お登世おまえは吉原に身を沈めろ、と書かれた文を届けにきた、というわけか」

「蘇枋とつながったな。だが、おれたちにはどうすることもできねえぜ。想像だけで手証もねえから、奉行所に届けるわけにもいかねえし」

　作造がいった。

「おいらに考えがある。ここにいてもなにもできねえ、引きあげよう」

　江依太がいった。

「藤尾の旦那にみられるといけねえから、木場をぐるっと廻って帰ろうぜ」

　作造がいい、腰をかがめて歩きはじめた。

　新道の入り口にある大楠の幹に隠れて、江依太たちをみていた者がいた。

　伊三が、がりがりに痩せて顔色が悪い、といった男、風太郎だった。

「あいつら……どうしてここが……」

「なんだと、吉治郎の配下が……」

蘇枋が戸惑ったような顔をした。

「生き人形と吉治郎の配下の三人。病みあがりの岡っ引き作造の姿までありました」

風太郎がいった。

「おれがみな殺しにしてやろうか」

平野が、皮肉そうにいった。暗に、早くおれに任せていれば、こんなことにはならなかったのに、といいたいのだ。

「せんせいは黙っていてください」

風太郎がぴしゃりといった。

「わしのところまでは手が伸びないはずではなかったのか」

蘇枋がいったが、恐れているようすはなかった。

「伸びた理由はふたつ考えられます」

「うむ……」

「ひとつは藤尾周之助の間抜けが、知らずに洩らした。もうひとつは虎雨」

「虎雨がどうしたというのだ」

「妬(ねた)み」

「なんだと」

「蘇枋さまにずっと話題を掻っ攫われているので、妬みが募って、蘇枋さまを陥れるようなことを……」

「あの糞野郎」

　蘇枋が顔を真っ赤にし、手にしていた盃を壁に投げつけた。盃は砕けることなく畳に落ち、くるくると廻ってからとまった。不思議なことに、そのあと、ぱかっと二つに割れた。

「虎雨の首を刎ねるか」

　平野平左衛門がいった。

「いま、それはよした方がいいでしょう。もしも、虎雨が蘇枋さまを売ったのなら、下っ引きに見張られてるだけではすまず、捕り手が大勢で押しかけてくるはずですが、それがまだありません。虎雨はまだ、仄めかしただけにちがいありません。いま殺せば、奉行所の目をわざわざこちらに向けさせることになりかねません」

「では、どうすればいいのだ風太郎、考えろ」

「虎雨に脅しをかけましょう。なに、白紙の文でも送れば充分でしょう。白紙の文を受け取った虎雨はあることないこと考え、おのれがやったことはまずかったと脅えるはずです。それで虎雨は黙るでしょう。一件落着です」

「お登世に吉原に身を沈めるように、とおまえが書いた文はどうする。残ってるはずだぞ」

「心配ご無用です。わたしは他人の筆跡を真似するのは得意なので」

といって蘇枋を安心させたが、そんな特技はない。どうせ死ぬのだから、どうでもいい。

「よし、それでいこう。白紙の文を虎雨に届けておけ。そのあと虎雨がどうするか、風太郎、おまえがようすを探れ」

「任せておいてください」

風太郎が立ちあがった。

「伊三、おめえは啓三と金太を連れて吉原の『小松屋』へいき、蘇枋の名を騙った老人の住まいを突きとめたかどうか、尋ねてくれ。突きとめていたら……」

「そこへいって周辺を聞きこみ、その老人の身元を洗いだせばいいんだな」

江依太の言葉を引き取り、伊三がいった。

江依太たち五人は、仙台堀(せんだいぼり)の脇を大川方面に向かって歩いていた。遠廻りしたので、仙台堀沿いを歩くことになったのである。

「お安いご用だ。おめえはなにをする」

「笠子屋の書屋(かきや)、権丈に会う」

伊三が怪訝そうな顔をした。

江依太が権丈を毛嫌いしているのは、みな知っている。

四

『笠子屋』の暖簾をわけた江依太をみた権丈は、厭な顔、というより、憎悪に満ちた顔をした。その顔を、江依太のうしろから入ってきた作造にも向けた。

板の間に座り、刷りあがったばかりの読売に目をとおしていたようだ。

「なんの用だ」

権丈がいった。

「話がある」

「こっちにはねえ。出ていけ」

「おいらもあんたの顔などみたくはねえが、互いに都合のいい話なのだ。あんたが聞かないのなら、ほかの読売屋へ持っていってもいいが、そうなると、笠子屋はお取り潰しになるぞ」

店の奥で、新しく刷りあがった読売に目をとおしていた主の粂蔵が顔をあげ、

「お取り潰しになるとは聞き捨てならねえな。あとの約束はできねえが、話だけなら聞いてやる。話せ、岡っ引き見習い」

と、語気鋭くいった。

彫師と摺師は、興味を持ったはずだが、顔はあげなかった。

「蘇枋と号している隠居を知ってるか」

あがり框に腰をおろした江依太が、権丈と粂蔵の顔を交互にみながらいった。

作造は江依太のそばに立っていた。

「知らねえな、何者だ」

粂蔵がいった。隠しごとをしているような顔ではなかった。

「あんたら、どこからか、情報をもらっているだろう」

「なにいいやがる。おれが書いた記事は、すべて足で掻き集めてきたものだ。だれからも情報などもらってねえ。変ないいがかりをつけると、只じゃおかねえ

ぞ」

お登世が吉原に身を沈めたという情報を笠子屋に報せたのは辰五郎の配下だが、そのことを権丈や粂蔵は知らない。いつもの人物から届いた話だと思いこんでいるはずだ。

「それならいいが、これからは、頼りの情報はもたらされねえぜ」

権丈と粂蔵が顔を見合わせた。

「江依太、おめえなにをつかんでやがる」

権丈が凄(すご)み、顔を寄せてきた。

作造が懐から十手(じって)を抜き、左掌にぱしっと打ちつけた。

権丈がはっとして身を引いた。

「輪廻寺の賽銭箱に、父を助けてくれ、とお登世が投げ文をした。そしたら、吉原に身を沈めたら助けてやる、と書かれた文が届いた。お登世が文に書かれたとおりにしたら、笠子屋の読売に大々的に書かれた。そのあと、小松屋に身形のいい老人がやってきて、わしは深川の蘇枋だ、お登世によろしくといって帰っていった。吉原に身を沈めれば助けてやる、と書かれた文を届けにきた男と、蘇枋はつながっていた」

このあたりの手証はまだないが、だれからか情報をもらっていたのなら、信じるだろう、と江依太は踏んでいた。

「蘇枋は、石屋の為五郎殺しにも関わっているにちげえねえ」

江依太がいうと、権丈が叫んだ。

「蘇枋なんて知らねえ」

「だろうな。だけど、正体は知らなくても、だれからか情報(ねた)はもらっていたはずだ。そのだれかが、蘇枋なんだよ。その蘇枋はもうすぐ捕まる。奴のことだ、笠子屋を道連れにしないわけがない。ここの関わりを喋(しゃべ)りまくる。そうなると、蘇枋の片棒を担いで嘘八百をならべ立て、世間を騒がせたことが公(おおやけ)になり……」

江依太はあたりをぐるっと見廻した。

作造もつられてみた。

「ここはお取り潰し。あんたらは遠島だろうな。あることないこと派手に書いて世間を騒がせた罪は重いぞ」

彫師と摺師が、心配そうな顔で粂蔵をみた。

だれもなにもいわなかった。

「そうか、では、ほかの読売屋をあたってみよう。あんたのところに出し抜かれて悔しい思いをしている読売屋は多いだろうから、ここを潰せるとなれば、飛びつくだろうな。いこうか作造」

江依太が立ちあがった。

江依太にとっては、どちらでもよかった。ただ、いままで散々煽ってきた笠子屋が書いてくれるほうが世間に対して説得力がある、と思っただけのことだ。記事を書いてくれるのがほかの読売でもまったくかまわなかった。

「『青柳』なら飛びつくだろうな」

「待て、わかった」

青柳と聞いた途端、条蔵が間髪を入れずにいった。

権丈は悔しそうな顔を条蔵に向けた。

「なにを書けばいい」

条蔵がいった。


江依太と作造が『笠子屋』の暖簾をくぐって神田川のほとりに出ると、見知らぬ若い男があたりに鋭い目を配りながら近づいてきた。

笠子屋の差し金だと思った作造は、江依太と男のあいだに立ちはだかり、十手をみせた。

「江依太さんですね」

「そうだが、おめえはだれだ」

「あっしは伊三さんに使われている者です。ずっと権丈に張りついておりますが、なにも変わったことはねえ、と伝えていただけますか」

「そうか、おめえたちのことは伊三から聞いてる。そうだな、権丈に張りつくのはもういい、それぞれの商いに戻ってくれ。これは礼だ。みんなでわけてくれ」

と江依太はいって懐から財布を取りだし、五両を男の手に握らせた。

男は驚き、

「こいつはどうも……」

といって頭をさげた。

これも百合郎から学んだことで、だれかをご用の筋で使ったら、相手は仕事を休んでいるのだから、かならず駄賃を与えなければならない。

そのためかどうか、百合郎からは、必要なときにはこのなかから使え、といって十両をあずかっている。

安食の辰五郎からあずかった二十五両のなかから、伊三たちにも五両ずつわたしておいた。

「立派な心がけだな。それにおめえはひとの信頼を勝ち得るのにも長けてる。おれとちがって、いい岡っ引きになるぜ」

「おめえはおのれがわかっちゃいねえ。おめえはたしかに莫迦だが、間抜けじゃねえよ」

「どういう意味だ。莫迦も間抜けも、おなじようなものじゃねえか」

「教えてやってもいいが、おのれで気づかなければ腹には落ちねえだろうから、気づくまでそのままでいるこったな」

江依太はいい、神田川沿いをくだりはじめた。両国の『鈴成座』へ寄るつもりだった。

作造は不思議そうな顔をしてついてきた。

顔見知りの門番が鈴成座の裏口の筵をあけてくれたので、そこから芝居小屋に入った。

「鬼瓦はどうしてる」

江依太の顔をみた座つき化粧師、直次郎が尋ねた。隈取りをした役者が脇に立っていて、それにあわせた衣装を選んでいるようだ。数えきれないほどの衣装が吊された竿が歪んでいる。

　直次郎は読売を詳しく読んでいて、先日会ったときも、百合郎のことをかなり心配していた。

「奉行所内のことはおいらにはわからないのですが、もうすぐ片がつくと思います」

　衣装に目をやっていた直次郎が江依太に目を向けた。そのあと、うしろにいた作造にも目をくれたがなにもいわず、選んだ衣装を隈取りの役者に着せかけた。

　役者は襟をあわせ、すっ飛んでいった。

「あとで寄ります」

　江依太はいい、役者の跡を追った。

　役者が駆け込んだのは大部屋、と呼ばれる部屋で、そこには二十人ほどの、出番を待っている役者たちがいた。昼の部がはじまったばかりのようだ。

　そんななかで、湯のみを片づけたり、煙草盆をならべたりして立ち働いている お登世の姿があった。ほかにも二人ほど娘がいて立ち働いている。ほかはすべて男だ。

お登世のことだから、落ちこみ、部屋の隅で泣いているなどとは思わなかったが、江依太が考えていたより、よほど元気そうだった。

「江依太さん……作造さんも」

お登世が笑っていった。

「元気そうでなによりだ」

作造がいった。

「みなさんが親切にしてくださるものですから、居心地がよくて」

といって作造に目をやった。

「ずいぶん顔色がよくなりましたね」

「煎じ薬が効いているのか、蒟蒻（こんにゃく）の地面を歩いているような感じもなくなってきたし、まだ息はきれるが、みんなについていけるようになった」

「もう少しここで辛抱してくれ。小さいが、手掛かりをつかんだような気がする」

江依太がいった。

「では、父は、放免されると」

お登世の顔に笑みが浮かんだ。

「そうなるようにみなで動いていて、手応えは感じている」

「霊厳島に戻って、わたしもなにか手伝いたいのですが……」

「それは駄目だ」

作造が思わず、鋭くいった。

お登世がびくっとした。

「もうしばらく、ここにいてくれ。そう長いこっちゃねえから」

作造のいい方には必死さが感じられた。

お登世が、気圧(けお)されたようにうなずいた。

直次郎の楽屋へ戻ったが、直次郎を安心させてやるような話はできなかった。


浅草森田町は札差が数多く軒をならべている町である。

札差は、年に三度、幕府から支給される蔵米を、旗本や御家人に代わって受け取り、現金化して利鞘(りざや)をかせぐ商いだが、二年先、三年先までの蔵米を担保に金も貸していた。その利子は莫大(ばくだい)なもので、一晩に百両や二百両を散財する札差も数多くいたという。

すでに陽はかたむきかけていたが、江依太と作造はまだ昼飯を食っていなかった。森田町にも飯屋や居酒屋はあった。

江依太と作造は飯屋に入り、煮魚と飯、汁、香の物を注文した。

昼飯と夕飯のあいだくらいの時刻だったせいか、ほかに客はいなかった。

客が十五人も入れば満杯になるような店とあってか奉公人は中年の女一人で、暖簾のうちには爺さんと中年の料理人の姿がみえていた。

女は江依太から目をはなさなかった。

やがて盆に載せた飯を運んできた女に、江依太がそっと一朱銀を握らせながら、

「蛭子屋さんと仲の悪い店はあるかね」

と尋ねた。

女は、主を気にするように暖簾の奥に目を向けたが、二人とも背を向けているのをみて呟いた。

「大蔵屋利左衛門（おおくらやりざえもん）さん」

大蔵屋は大店（おおだな）で、すでに店を片づけはじめていた。

土間の掃き掃除をしていた奉公人に、江依太が、

「主人に話を聞きたいのだが、店先まで呼んでもらえるか」

といった。江依太のとなりでは、作造が十手の先を左掌にあてながら立ち、奉公人をみていた。十手がなければ、追い返されていたかもしれない。

不安そうな顔をした奉公人が箒(ほうき)を壁に立てかけ、長暖簾を割って奥へ消えた。

しばらくすると、三十代の男がやってきた。

「わたしが主の長兵衛(ちょうべえ)でございますが、なにか」

「主人は、利左衛門さんだと聞いてきたのだが」

「それは父でございます。いまは寝ついておりまして、布団から起きあがることすらできません。お話なら、わたしが承りますが」

江依太と作造は顔を見合わせた。作造が小さくうなずいた。

「蛭子屋の先代のことは知ってますかい」

長兵衛は苦笑いを浮かべ、

「まあ、父とはいろいろとありましたから」

といい、あがり框に腰をおろした。

江依太も倣(なら)った。作造は立ったままだった。

「蛭子屋さんがなにか」

問われて江依太は困った。ただ漠然(ばくぜん)と蘇枋の話を聞いておきたい、と思ってやってきただけで、具体的になにかを知りたいと考えていなかったことに、いま、初めて気づいた。

「いまは隠居して蘇枋と名のっているようだけど、どんな人物でした」

「あんたら、蘇枋の廻し者かね。おれを誹謗中傷(ひぼうちゅうしょう)したとかいって蘇枋が怒鳴りこみ、頭をさげさせようとでも企んでいるんじゃないだろうな」

やや砕けた、警戒するような話し方に変わっていた。

「なるほど、頭をさげさせて勝ち誇るだけで、金を脅し取られるとは思わないのですね」

「旗本や大名にまで貸している借用書を手に隠居したはずだ。五年になるけど、金に不自由はしてないだろうな。四、五十代のころは遊びもしたようだし、ひとを這いつくばらせて店を広げるようなこともしていたようだけど、親父にいわせると、六十代に入るとすべての脂(あぶら)が抜けきったようになり、よく、やり遂げたようでつまらん、というようなことをいっていたらしい……」

「蛭子屋に酷いことをされたひとを知りませんか」

「なぜ蛭子屋のことを聞きにきたんだね。蘇枋がなにかやったのか」

「まだわかりませんが、あることで浮かびあがってきたのが蘇枋なのです。わかったら話します」

「あること……ってえのは話してはもらえないんだろうね」

「いまのところは」

長兵衛はうなずき、いった。

「まだ子どもだったわたしが直接みたわけじゃないけど、みなのまえで笑いものにされている鹿嶋屋は気の毒だな、というのはよく親父から聞かされたね」

「鹿嶋屋……それは……」

「近所にあった札差だ。もう廃業して七、八年ほどになるかな」

「鹿嶋屋の主や奉公人はどうしたんですかい」

長兵衛は顔をあげて笑顔を浮かべ、

「どんな事情があったのかは知らないけど、蛭子屋に潰されたわけじゃないよ。お内儀と娘に死なれたことに関わりがあるのかもしれないが、鹿嶋屋は大名貸しにまで手を広げていて、数万両の貸付金があったとかで、店を畳むとき、奉公人にもそれなりの手当を出したらしいから」

といい、長兵衛は立ちあがった。

「ちょっと喋りすぎたようだね」

「あとひとつ聞かせてください。鹿嶋屋の主はいまどうしているか知っていますか」

「どうしてそんなことを聞くのだね」

「鹿嶋屋の主人の借用証文を蘇枋が盗んだのではないか、とふと閃いたものですから」

長兵衛は笑顔を浮かべていった。

「大きな農家を手に入れて改築なされ、悠々自適の暮らしを送っておいでのようだよ。名も、虎の雨……虎雨と号されてね」

「虎雨……」

森田町からの帰り、江依太は吉治郎の住まいに立ち寄った。

なにかあった場合のつなぎ役として、作造がそこで寝泊まりするようになっていたので、送りがてら、という意味もあったが、もしかすると、豪奢な形の小柄な老人について伊三がなにかをつかみ、待っているかもしれない、という期待もあった。

「待ってたぜ」

玄関から入ってきた江依太と作造をみると、あがり框に座って茶をのんでいた伊三が立ちあがっていった。

江依太が笑った。

「どうした」

「いや、おめえが待っていてくれるかもしれねえ、と期待していたら、そのとおりになったのでな」

伊三がにっと笑ってうなずいた。

囲炉裏（いろり）には火が熾（お）きていて、鉄瓶（てつびん）の蓋（ふた）が鳴っていた。

「わずかだが、小松屋にきた小柄な老人の正体がわかった。元は浅草蔵前に店をかまえていた札差で、店の名は鹿嶋屋……」

「なに……」

伊三が話し終わらないうちに江依太がいい、作造と顔を見合わせた。

「虎雨か」

江依太と作造が、ほぼ同時に叫んだ。

伊三が、えっ、というような顔をした。

「小松屋にいって蘇枋の名を騙ったのが、虎雨だというのか」

江依太がいった。

大蔵屋長兵衛の話からすると、虎雨は、商い仲間のまえで蘇枋から長年笑いものにされていた。その仕返しになにかを企んでいる、とも考えられるが、蘇枋が隠居して五年にもなる。仕返しをするなら、なぜ、五年もたったいまなのだろうか。仕返しをするつもりはなかったが、虎雨をその気にさせた、なんらかのきっかけがあったのかもしれない。それとも、蘇枋を陥れる計略に五年の歳月をかけたのか。

なにはともあれ、虎雨が絡んでいることはまちがいないようだ。

「おまえら、どこで虎雨の名を……」

伊三は訝しげな顔をした。

江依太は、蔵前の札差、大蔵屋長兵衛から聞いた話をした。

「なんか、一気に動きだした感じだ。まあ、ものが動くときはそんなもんだけどな」

伊三が訳知り顔でいった。

「伊三、おめえは金太か啓三を連れて朝一番で島田町に飛び、奴らの動きを見張ってくれ。明日の読売次第では、蘇枋もじっとしてられねえはずだからな」

「読売次第って……権丈と会うとかいってたけど、そのことか」

「江依太が権丈を遣りこめたんだよ。おめえにもみせたかったぜ」

作造が、笑顔でいい、江依太がやったことをかいつまんで話した。

伊三も、

「なるほど、そいつはおもしれえ。ほんとうに動きはじめたな。わかった、任せろ」

と、笑顔でうなずき返し、請けあった。

「無茶はするなよ。例の材木の陰から動きを見張っているだけでいい」

「おし」

伊三は緊張したようにうなずき、帰っていった。

「飯はどうしてるのだ」

江依太が作造に尋ねた。

「一人暮らしが長いからな、心配はいらねえよ。おめえからもらった金で獣肉を買い、ちゃんと食ってる。煎じ薬も、なくなったらもらいにいこうと思ってる。よく効くようなんだ」

作造は、身体の回復とともに、自信も取り戻しつつあった。

いまの進捗状況を百合郎に報せたかったが、報せる術がなかった。筆頭同心の川添孫左衛門に頼めば、動くなといったのに、動いていたのか、と叱責されるのが落ちだろう。と考え、はたしてそうだろうか、とも思った。川添が動くな、と執拗にいったのを思いだしたからだが、どちらにせよ、明日の読売を川添が読めば、奉行所でもなんらかの動きはあるはずだ。

第五章　蘇枋（すおう）動く

一

次の日。

朝五つ刻（午前八時）には『笠子屋』の読売売りが、方々の辻に立っていた。

江依太と作造は島田町に向かう途中で、読売を買った。

読売には、

『吉治郎の娘、お登世が吉原に身を沈めたのは、ある廃寺へ、父を助けてくれ、としたためて投げこんだ文（ふみ）が発端らしい。その返辞という形で、吉原に身を沈めれば父を助けてやる、という文が、ある人物から届けられた。

お登世はそれに従った、というとんでもない情報（ねた）をつかんだ。しかしその人物は、これまでのところまったく動いていないようだ。

となると、親を思うお登世の心根を弄んだ、たちの悪いいたずらか。

いたずらにしては遣り方が卑劣すぎる。

お登世は、あと十日もすれば初見世だ。

そうすると、石屋の為五郎を殺したのは岡っ引きの吉治郎親分ではなく、その人物の楽しみのひとつとして吉治郎親分は生け贄に選ばれたのか。

為五郎を殺した下手人は、ほかにいるのかもしれない。

どうやら、裏で筋書きを書き、糸を引いている黒幕がいるらしいこともわかってきた。

詳しい話は、次号で』

おおよそこれだけの内容が、二枚綴りの読売に、遠廻しに書いてあった。

相変わらず、のか、か、ようだ、と断定した書き方はしていないが、吉治郎を下手人扱いしていた笠子屋の読売だからこそ、それを曲げてまで書いたのは、この謎の人物が下手人にちがいない、という疑いを町人に持たせるだけの説得力がある。

しかも、昨日までは吉治郎と書いてあったのが、吉治郎親分に変わっていた。

「蘇枋にとっては青天の霹靂だぜ。じっとしてられるわけがねえ」

歩きながら読売に目をとおした作造がいった。

「そうあってほしいものだな」

近所に木場人足の姿はなかった。


木場の材木の陰に、伊三と啓三、金太の三人が身を潜めていた。

「なにか動きはあったか」

木場の方からやってきて、おなじように材木の陰に身を潜めた江依太が尋ねた。

「あのがりがり男が、半刻ほどまえに出かけ、ついいましがた戻ってきた。読売を手にしていたので、買いに出たんじゃねえのかな」

「こんなものを読まされたら、じっとしてられねえだろうな」

啓三が読売を差しだした。

「読んだ」

といって読売に目をやった江依太が、はっとした。

啓三が差しだしたのは、江依太が読んだ読売とはちがっていた。

受け取って読むと、

『ある人物（こちらには名もわかっているが、手証が固まるまでは、あえて名は伏せておく）が、おまえが吉原に身を沈めれば、吉治郎を助けてやる、という文をお登世に送りつけた。父思いのお登世はその文を信じ、父の命が助かれば、わたしはどうなってもいい、と考えて吉原に身を沈めた。しかしその人物は、それをみて、間抜けな娘だと高笑いをしていたとか。

石屋の為五郎は、重い病を患っていて、あとひと月の命だろうと医者にいわれ、それならおのれの命と引き替えに息子の敵を討ってやろうと、自らの命を犠牲にする覚悟をした。

息子の敵は、同心の雁木百合郎さまと岡っ引きの吉治郎親分だ。病のせいでそのように思いこんだ為五郎は、ある人物に頼み、二人を嵌めてもらった。

だがある人物は、為五郎の情にほだされて仕組んだわけではなく、世間が大騒ぎするのが快感で、つまり、おれが世間の莫迦どもを操っているという喜びのためだけに仕組んだことだという。なんという下劣な野郎か。それには奉行所の下種役人も手を貸している』

などと書かれていた。やけに蘇枋を叩いている。

「なんだこれは、おいらたちがまったく知らないことまで書かれているじゃねえか」

江依太が呟いた。

版元をみると、『青柳伝右衛門』となっていた。

青柳は笠子屋と張りあってきた店で、あの籬情夫を扱った読売で一気に大店にのしあがった読売屋だ。

「青柳にいってみよう。情報元を話してくれるとは思えねえが、一応……」

啓三がいった。

「情報元はわかってる」

みんなが江依太をみた。

「虎雨しかいねえ。蘇枋とはいまも親交があるからここまで知っているのだろう。つまり、虎雨もこの一連の大騒ぎ、籬情夫、武家の妻女の心中、枕元の千両小判に、なんらかの形で関わっている。そうにちげえねえ」

「石屋が殺された一件にもか」

金太がいった。

「いや、それはない、と考えていいだろう。蘇枋を差せば、おのれにもとばっちりが跳ね返ってくることくらい、虎雨は百も承知だろうからな。その証に、籬情夫、枕元の千両は、気の毒な町人に金を恵んでやった親切心だから、奉行所に知られても罪には問われねえ」

　作造がいった。

「なるほど……」

　といって作造をみた金太の顔には感心したような表情が浮かんでいて、以前ほど作造を嫌っているふうではなかった。

　作造の話を聞きながら江依太は、武家の妻女と男娼（だんしょう）の心中には、不審な点があったことを思いだしていた。あのとき江依太は、二人を殺した者がいるのではないか、と疑っていたのだ。

　そうなると、籬情夫は虎雨、心中は蘇枋、三五郎の枕元の千両は虎雨、百合郎と親分を嵌めるために為五郎を殺させたのは蘇枋、となるのか。

　作造のいうように、虎雨は、罪に問われるようなことをしていない。そこになんらかの深い意味があるような気がするが、それがなにかはわからなかった。

　蘇枋の隠居所の方から、なにか奇声が聞こえた。けれども意味までは聞き取れなかった。

「虎雨の奴め……」

顔を真っ赤にして読売を畳に叩きつけた蘇枋は、獣の咆哮のような声をあげた。

「おれに負けたことへの腹いせかああああ……あの小博奕打ちの糞野郎まで譲ってやったのに」

と語尾を伸ばして叫んだ。

小博奕打ちの糞野郎とは、捻木の三五郎のことだ。

輪廻寺の賽銭箱に願いを書いた文を投げこめばそれを叶えてくれる人物がいる、と触れているのは蘇枋だけで、虎雨は関わっていない。『かねもちになりたい。かねもちにしてくれ』と書かれた三五郎の文をみた蘇枋が、

「つまらねえから、この文は、虎雨に廻せ」

といったのを風太郎が、

「こういう阿呆な奴がいるんですけど、やりようによってはおもしろいかもしれませんよ。例えば、端に百両与えておき、世間が大騒ぎするようななにかをやらせ、次に三百両与えてまたなにかやらせる。こういう奴は、金で操ればなんでもやりますよ」

と示唆したのに、虎雨は、三五郎の馴染みの居酒屋に使用人を送りこみ、三五郎の酒に眠り薬を入れさせたあと、枕元に千両をおいた。それだけで、あとはな

にもしなかった、という経緯（いきさつ）がある。あのとき蘇枋は、

「虎雨は相変わらず腰抜けだ。おのれの手で貧乏人を操ることさえできん」

といって笑いものにしたのだった。

「おまえの白紙の文も効果はなかったようだな風太郎」

風太郎は、虎雨に白紙の文など届けてはいなかった。蘇枋の怒りを収めるためにああいったが、虎雨がこのあとどう動くのか、それが楽しみだったからだ。

「平野さんを呼んでこい」

「おれならここにいるぜ。あんたの叫び声を聞いちゃ、寝てられねえ」

蘇枋と風太郎がいる居間に、平野平左衛門がのそっと入ってきた。

茫々（ぼうぼう）に伸びた月代（さかやき）が乱れ、眠そうな顔をしている。

「虎雨を斬（き）るのか」

「無論。あいつを斬り刻み、目ん玉を持ってきてください」

「望むところだ」

平野が踵（きびす）を返そうとすると、

「お待ちください……」

といった蘇枋が、風太郎に目をやった。

「吉治郎の配下は何人だ」

「五人です。たぶん、いまもどこかでここを見張っているはずです」

「それなら、平野さんが動けば、尾いてくるだろうな」

「わかった、その五人も斬り殺せばいいのだな」

「あと二人。吉治郎の娘のお登世。この女はわしに恥をかかせやがった」

風太郎は、お登世は蘇枋に恥などかかせていないと思うが、蘇枋にしてみればそうなのだろう。

話していても蘇枋の怒りは収まらないようだった。声も手も震えている。

「もう一人は」

平野が尋ねた。

「藤尾周之助。生かしておくとなにを喋るかわからん」

「承知した。夕刻までには片をつけてやる。いや、吉原のお登世を殺すとなると、夜か」

「お登世は吉原にはいませんぜ。生き人形がやることは信用できねえ、と思って小松屋の奉公人に金をつかませて聞きだしたのですがね」

風太郎がいった。

「どこにいる。吉治郎の住まいか」

「いえ、両国の鈴成座という芝居小屋に匿われているそうです」

「それなら深夜寝静まったところに忍びこみ、みな殺しにすればよいな」

ようやく餌にありついた野良犬のような顔になった平野が、居間から出ていった。いまにも涎をたらすのではないか、というような顔だが、目は異様に光っている。久しぶりの人殺しで、血が滾りはじめたようだ。

「いっときに大勢殺すと、奉行所の手が伸びませんか」

「わしをだれだと思っておるのだ風太郎。大名や旗本に何万両もの金を貸している蘇枋だぞ。そういう連中にひと声かければ、否応なく助勢してくれる。それが金持ちと貧乏人の差だ。なにをやっても法の目を逃れられるのが、わしら金持ちの特権だよ。屑の命の五つや六つがなんだ」

蘇枋は、おのれが金持ちで、方々の大名や旗本が力添えをしてくれる、と考え、ようやく落ち着いたようであった。

風太郎は、騒ぎを大きくして楽しむ、という蘇枋の気持ちがようやくわかりかけていた。

これから蘇枋を取り巻く状況が一変し、蘇枋をも巻きこんでの大騒ぎが起こる。

それを考えると、風太郎は、蘇枋の末路を目にするまで、もう少し生きていたい、と思った。蘇枋が生き残るにしろ、滅びるにしろ、こんなお祭り騒ぎを見逃すのは勿体(もったい)なさすぎる。

「ちょっと出てきます」

「待て、おまえにも頼みたいことがある」

「というと」

「青柳を、跡形もなく燃やせ。主や奉公人もみな焼き殺せ」

風太郎は、笠子屋、青柳、双方の読売を手に入れていたが、蘇枋にわたした読売は青柳だけのものだった。笠子屋の読売も読ませ、裏切られた蘇枋がどんな顔をするのか、みてみたいとも考えたが、蘇枋がもっと有頂天(うちょうてん)になったときにわたした方がおもしろそうだ、と思ったのだ。

そのときふと、あることが閃(ひらめ)いた。

「まさか……そんなことがあるのか」

しばらく考えて、あり得る、と思った。それなら、おれも操られていたことになるのだが、まちがいなくそうだろう。

風太郎は、ますますおもしろくなってきた、と思った。

隠居所の門扉をあけると、新道をいく平野のうしろ姿がみえた。

「平々さん」

呼びとめた。

「どうした、風太郎」

「吉治郎の手下が、平々さんを見逃すかもしれないと思いましてね。まだ顔を知られていないから」

「なるほど、おまえといっしょなら、蘇枋の用心棒だとわかる、というわけだな」

「尾行してこなければ、斬り殺すこともできませんから」

「おまえという奴は、ほんとうに抜かりがないな」

話しながら二人は、新道の入り口あたりまでやってきた。

風太郎はわざとらしくあたりに目を配り、

「では、いってらっしゃい」

といって引き返した。

虎雨のことだから平野が殺しにくることを見越し、いまごろはすでに姿を隠しているだろう。

そして、生き人形なら、平野の尾行はしない。

風太郎がそのように考えていることなど知るよしもなく、平野は新道から堀沿いの道を右に折れ、歩いていった。


「伊三、虎雨が危ない。猪牙舟（ちょきぶね）を雇って先廻りし、虎雨を逃がせ」

江依太がいった。

「わかった。金太いくぞ」

と伊三はいい、金太を連れて木場の細道を走っていった。

「おれは『青柳』にいってみる。青柳の口を封じるつもりかもしれねえ」

いって作造が立ちあがると、啓三が、

「おれもいこう。おめえはまだ本調子じゃねえ」

「おいらはここに残って蘇枋の動きを見張る」

「わかった」

いった作造に啓三がついていった。あれだけ嫌っていた作造の体調を、啓三が気遣（きづか）っている。

奉行所役人が青柳にいき、黒幕の名を聞きだしたら蘇枋は捕縛される。それまでここの隠居所でじっとしているとは思えない。蘇枋ほどの人物なら、ほかにも隠れ家はあるはずだ。

そして、青柳にもなんらかの報復をするだろう。

蘇枋はかならず動く。

江依太は、心臓の高鳴りを覚えていた。


「これはどういうことだ」

月代と無精髭(ぶしょうひげ)が伸びた雁木百合郎も含めた定町廻りの五人がそろうと、筆頭同心の川添孫左衛門が、『笠子屋』と『青柳』の読売をみなのまえに放り投げた。

藤尾周之助は、牢(ろう)から出た百合郎がいることが不愉快そうだった。

百合郎はずっと牢にいて、読売に目をとおしてはいなかった。そこで、川添が放り投げた読売を手に取り、読んだ。

「なるほど……」

心のなかで感心した。

事件をここまで掘りさげ、黒幕を追い詰めたのは、江依太と、吉治郎の配下の者たちにちがいない。

　江依太なら、黒幕に手を貸した役人も知っているはずだ。

「黒幕に手を貸した役人、とあるが、それはこの場では問わない。黒幕を突きとめればおのずとわかることだからだ。しかし黒幕が大物なら、放っておくと、青柳は口を塞がれかねない。雁木と藤尾がいって、青柳を護ってやれ」

「なぜ雁木といっしょなんですか。雁木はまちがいなく黒幕の手先ですよ」

　藤尾が不満そうにいった。

「だから、おぬしが見張れ。それは雁木にも、ほかの者にもいえる。きょうから二人で組み、黒幕の正体を突きとめるために動いてもらうが、相手から片時も目をはなすな。おまえたちのとなりにいるのが、奉行所を売った裏切り者かもしれぬのだからな」

「奉行所の役人と書いてありますから、定町廻りとはかぎらぬのではないですか。与力さまも加えると、奉行所役人は三百人近くいます。それに北も入れると……」

　古参の同心がいった。

「いや、黒幕が欲しい情報は、南の町廻りの動きだろう。雁木と吉治郎を陥れたのだからな。そうすると、裏切り者は三廻りの十四人のなかにいると考えられる」

三廻り十四人というのは、隠密廻り二人、定町廻り六人、臨時廻り六人のことだ。

「武士の夜歩きは許されてはおらぬが、これからは、おまえたちの夜歩き禁止を徹底する。破った者は裏切り者とみなす。よいな、これは奉行所にとって由々(ゆゆ)しき事態だ。軽くみるな」

五人の顔に緊張が走った。

わりとのんびりしている筆頭同心の川添孫左衛門が、怒鳴りつけるようにいったからだ。

「よし、いけ」

「吉治郎が必要です、解き放ってください。青柳の読売に書いてあるのが真実なら、吉治郎は罠(わな)に嵌められただけで、罪はありません」

百合郎がいった。

「この読売を吉治郎に読ませたいのか。娘が苦界(くがい)に身を沈めたと知れば、なにをしでかすかわからぬ。吉治郎を牢からだしたかったら、早く片をつけることだ」

川添のいうことももっともだった。吉治郎が放免されて読売を読めば、黒幕の正体を吐かせるために青柳か笠子屋に拷問を加えかねない。下手すると、殺してしまう。

「いくぞ雁木、疑わしいことが微塵でもあれば、斬るからな」

いって藤尾が立ちあがった。

百合郎は無精髭をあたる間もなかった。

「雁木、江依太によくやった、と伝えておけ」

小声で川添がいったが、百合郎にはなんのことかわからなかった。

「それは……」

問おうとすると、

「雁木、ぐずぐずするな」

藤尾の怒鳴り声が聞こえた。


振り向いてみるようなことはなかったが、それでも平野平左衛門は、背後にそれとなく目を配りながら横川沿いを向島に向かって歩いていた。

向島にある虎雨の住まいには、招待された蘇枋について四、五度、足を運んでいる。住まいの周辺も、屋敷の間取りもわかっていた。

屋敷には老爺の番人と飯炊き女、使いっ走りの、屈強な若者がいるが、平野は、虎雨共々その三人も斬り殺すつもりだった。

横川沿いの道は小梅村まで一直線で、尾行者が姿を隠しながら尾行するには厄介な通りだ。

平野は歩きながら背後にちらっと目を配った。だが、尾けてきているような者たちの姿はなかった。

風太郎は、かならず尾行がつくはずだ、といっていたが、尾行してこないのには、なにか思惑があるのか。

平野は気になった。だが尾行者を待っているわけにもいかない。

新道の奥から、がりがり男の陰に隠れるようにして、六十代半ばの背の高い男が出てきた。蘇枋だろう。

がりがり男は風呂敷包みを提げていたが、重そうに身体をかたむけている。

江依太は、蘇枋の名は知っていたし、札差時代のこともある程度は耳にしていたので、知っているような気になっていた。だが、

——こういう顔だったのか——。

印象がちがっていた。

半白の薄い髪で、目が小さくて細く、大きな鼻が伸びている。鼻の下もおなじように長く、薄い唇の大きな口が耳の近くまで広がっていた。

金のかかった形で、羽織を着ていた。

蘇枋とがりがり男は新道を出ると右に曲がり、堀沿いに高遠藩の門のほうに歩いていった。

江依太は、痩せて力がなさそうなのだから、蘇枋が風呂敷包みを持ってやればいいのに、と憤り、瞬時に蘇枋が嫌いになった。

二人が右に曲がり、民家の陰に隠れて姿がみえなくなると、江依太は材木の陰から出てきて筑後橋のほうに廻った。

島田町の東の角から顔だけ覗かせてみると、入船橋をわたっている蘇枋とがりがり男がみえた。

江依太は追いかけられなかった。がりがり男が、ちら、ちらと背後に目を配っていたからだ。

堀の岸には葦が繁茂しているが、石で護岸された通りにわずかに穂先をだしているだけで、姿を隠してくれるほどではない。

二人は入舟町の北の堀沿いをいき、仙台堀の支流に突きあたるとそこを左に折れ入船橋をわたった。町家で姿がみえなくなった。

向こうに三十三間堂の大きな屋根がみえていた。

江依太は高遠藩の門前を駆け抜け、入船橋をわたって堀沿いを走り、角を曲がった。

二人は仙台堀の支流に架かる汐見橋（しおみばし）をわたるところだった。

わたり終えるまでは近づけない。

江依太は苛（いら）つきながら待った。

二人が汐見橋の西たもとの茶屋の陰に消えた。

追った。

汐見橋に辿（たど）り着いて西をみると、

「あっ」

声が洩れた。

どこで誂（あつら）えたのか、蘇枋とがりがり男は猪牙舟に乗り、仙台堀の支流を南に向かって漕（こ）ぎだしたところだった。

空には灰色の雲が広がっていて、肌寒くなっていた。

江依太は汐見橋の欄干(らんかん)に隠れるように背中をみせて屈(かが)んだ。

「くそう……」

相手が掘割をゆく猪牙舟なら、見送るしかない。追いかけるには、堀沿いを走らなければならない。そうなると、すぐ気づかれる。

江依太は屈んだまま、横目で見送った。

猪牙舟が消えたあと、汐見橋をわたると、左手に小さな船宿があった。

「ごめんよ」

急いで暖簾(のれん)を割り、土間に駆けこんだ。

「はい……」

番頭ふうの男が出てきたが、江依太の顔をみて立ち尽くした。

「いま出ていった猪牙の行き先はどこだ」

勢いこんで尋ねた。

「猪牙を頼む、といわれただけで、行き先までは伺っておりませんが」

嘘をいっているふうではなかった。

江依太はがっかりし、引きあげようとすると、

「あ、戻ってきましたよ」

と番頭ふうがいった。

暖簾越しに外を覗くと、通りの向こうの船着き場に猪牙舟が入ってくるところだった。

「あれが……」

「先ほど、ご老人と痩せた男を乗せていった船頭でございますが……」

番頭ふうが不審そうな顔をしながら暖簾を割り、船着き場に向かった。江依太もついていった。

「どうしたのだ、なにか縮尻(しくじり)でもやったのか」

「いえ、あっしもよくわからねえのですが、仙台堀を右に曲がったら、ここでいいとおっしゃいまして……手当ははずんでもらいました」

がりがり男は尾行されていることに気づき、江依太をまくためだけに猪牙舟を利用したようだ。

「くそう……」

江依太は心の内で毒づいた。

「痩せた若い男ですが、名はわかりませんか」

番頭ふうと船頭の顔を交互にみて尋ねた。期待はしていなかった。

「風太郎さんとおっしゃいます」

船頭が、いとも簡単に教えてくれた。

「風太郎……」

二

読売屋の『青柳』は、浅草元鳥越町にあった。

間口はそれほど広くないが、奥行きがある店だった。籬情夫を扱った読売で儲け、奥にあった妾宅を買い取り、元々あった店とつなぎあわせたためだ。

月代が伸びた頭に無精髭。それに二本を差して羽織というなんとも珍妙な形の百合郎と、このところ、以前とは見違えるように胸を張り、颯爽と歩くようになった藤尾周之助が青柳の暖簾をわけた。

藤尾についている岡っ引きの海次と小三は、外にいてあたりに目を配っている。

「邪魔するぜ」

青柳の主、伝右衛門は、暖簾をわけて入ってきたのが役人だと、ひと目でわかった。やってきた理由もわかっている。無精髭と月代を伸ばした役人は、隠密廻りだろうと推測した。

入ったところは十畳ほどの板敷きで、主らしい男は帳場格子の向こうにいた。売り子らしいのが五人、刷りあがった読売を重ねている。ほかにも紐が十文字にかけられた読売の束がそこかしこに積んであり、鴨居から鴨居にわたされた紐には、刷りが乾いていないのか、一寸間隔に読売がぶらさげられていた。

読売屋でよく見掛ける、書屋や彫師、摺師の姿はなかった。長暖簾で仕切られた奥の部屋で作業をしているにちがいない。

五人の売り子が百合郎と藤尾にちらっと目を向けた。が、すぐ元の作業に戻り、読売をまとめるとそれを抱え、駆けだしていった。

「おめえが主の伝右衛門か」

藤尾が居丈高に聞いた。

「さようでございます」

伝右衛門は鰓の張った顔の大きな男で、五十代だろうか。

藤尾は懐に入れていた読売を板敷きに放り投げ、

「この『ある人物』の名を教えろ。吐かねえと縛っ引くぞ」

といって伝右衛門を睨(にら)みつけた。

「お待ちを」

伝右衛門は立ちあがってあがり框(かまち)までくると、懐にしまってあった書きつけを取りだして広げ、藤尾にわたした。

「なんだこれは」

受け取りながら藤尾が不審そうな顔をした。

「まあ、読んでくださいまし」

藤尾が目をとおし、面倒くさそうに百合郎に差しだした。

読むと、

『ある人物（名はそのうち教える）が、おまえが吉原に身を沈めれば、吉治郎を助けてやる、という文をお登世に送りつけた。

父思いのお登世は吉原に身を沈めた。

その人物は、間抜けな娘だと高笑いをした。

重い病を患っていた石屋の為五郎は、息子の敵を討ってやろうと、自らの命を犠牲にして吉治郎と同心の雁木百合郎を嵌めさせた。

ある人物は、世間が大騒ぎするのが快感で、その喜びのためだけに仕組んだことだ。情などない。

奉行所の役人も手を貸している』

と、簡潔な文章でしたためられてはあったが、青柳の読売に書かれた内容そのままだ。

「これは」

百合郎が尋ねた。

「昨日のことでしたが、朝、店をあけようとしましたら、その書きつけが大戸の隙間に挟まっていたのでございます。だれが書いたかはわかりません」

「だれが書いたかわからねえものを、裏を取ることもなく読売に載せたのか」

そんなことが許されるなど、百合郎には信じられなかった。

「実は、大売れした籬情夫のほとんどの情報も、その筆跡の文でもらい、まったく嘘がありませんでしたので、此度も、文の内容を信じた、という次第でございます。どこから仕入れたのかはわかりませんが、笠子屋さんも、おなじような記事を書いておられましたので、驚いていたところでございまして」

「笠子屋に情報を流したのも、これを書いた人物とおなじだと思うか」

藤尾が聞いた。

「いえ、うちの記事とは微妙に異なっておりますから、どこか別口から仕入れられたのではなかろうかと。わたしは、廃寺のことなどまったく知りませんでしたし、出し抜かれたと考えて、悔しい思いをしております」

藤尾が無念そうな顔をした。

伝右衛門の話には筋がとおっていて、突っこみどころがなかったからだろう。

「おれは笠子屋に話を聞きにいくが、おめえはどうする」

「それはまずいんじゃないですか。川添さまからは、青柳を護れ、と命じられております。ここをはなれるのは……」

「それならおめえはここに残れ」

「それもまずいと思いますよ。わたしを残して一人で動けば、藤尾さんが黒幕と通じている、と思われかねません。黒幕になにか取り急ぎ連絡をつけたいことがあるから、雁木を一人残してどこかへいった……と」

「むうう……」

「あの、いま、青柳を護れ、とおっしゃいましたが……」

「おめえが、いかにも正体を知っているように書いたから、黒幕が口を塞ぎにくるんじゃねえか、と奉行所では心配してくれているんだよ。まったく、後先のことをなにも考えねえから、おれたちの仕事が増えることになるんじゃねえか」

藤尾が、苛ついたようにいった。

そんなことくらい、青柳伝右衛門にはとっくにわかっていた。それがわからないようでは読売屋などやっていけない。

文をくれた人物、虎雨とも、実は昵懇だ。

虎雨は、これが読売として世に出たら、ある人物が怒り狂うにちがいない。あんたのところにとばっちりがくるかもしれない、と案じ、二人の用心棒を送りこんでくれている。

「田村さま、米田さま……」

伝右衛門が声をかけると、長暖簾をわけて浪人者が二人出てきた。月代も剃り、汚れていない袴も身につけていて、穏やかな顔つきだった。

百合郎は、二人ともかなり遣う、とみたが、どこかの藩士ではないか、とふと思った。なぜそのように思ったのかはわからない。二人の佇まいがそう感じさせたのかもしれない。はっきりいえば、浪人ずれをしていない。浪人には、独特のにおいがあるが、二人にはそれがない。

「こういう商いをやっておりますと、さまざまないい掛かりをつけられます。いい掛かりだけならよろしゅうございますが、なかには悪さを仕掛けてくる者もおりますので、こうして、身を護ってもらうお方も雇っております。ですから、どうぞ、お忙しいお体でしょうから、お引き取りください」

「いくぞ」

藤尾は吐き捨て、乱暴に暖簾を割った。「お忙しい」と皮肉られたと思ったようだ。

用心棒を雇っているとなれば、百合郎にも、ここにとどまる理由がなかった。

外に出ると、

「雁木の旦那(だんな)じゃありませんか」

と声をかけられた。

振り向くと、岡っ引きの作造と、吉治郎の配下の啓三が、鳥越明神の銀杏(いちょう)の陰から姿を現した。

「作造、元気だったか」

「へい、江依太のおかげでなんとか」

「おめえの面(つら)には見覚えがある。そうだ、吉治郎の下っ引きだな。なんでこんなところにいるんだ」

　近づいてきた藤尾が不機嫌そうにいった。

「へへへ……実は、青柳からおこぼれをちょうだいしておりまして、読売をみて役に立つことがあるんじゃねえか、と思ってきましたら、体よく追い払われました。小遣いはもらいましたがね」

　ずる賢そうな顔で啓三がいった。

　こいつは機転が利く、と百合郎は改めて思った。

「壁蝨どもが。おまえらの顔をみていると反吐が出る。先にいってるぞ」

　藤尾が踵を返し、歩きはじめた。小三は素直についていったが、海次は作造たちが気になるようで、幾度か振り返った。だが藤尾に、

「海次、もたもたするんじゃねえ」

と呼ばれ、渋い顔をしてついていった。

「江依太の差し金か」

　百合郎が尋ねた。

　作造はうなずき、いままでの経緯をかいつまんで語った。

　江依太が、笠子屋の書屋、権丈を脅したことも話した。

「蘇枋の隠居所に張りついているときみたのですが、藤尾さまは蘇枋に会いにきておられましたよ」

　啓三がいった。

「二人が会っているのを直にみたのか」

「いえ、新道の奥に蘇枋の隠居所があるのですが、藤尾さまは、新道に入っていかれ、ほどなくして出てこられました。そのとき、なんだか、怒っているようなお顔をなさっておいでで……」

「そうか、なるほど……」

　藤尾が蘇枋とつながっているのなら、藤尾がいち早く吉治郎の住まいに駆けつけたのもわかる。霊厳島まで引ったくりを追っていき、喉が渇いたので、自身番で茶をのんでいた、といったが、あれは、吉治郎の住まいで騒ぎが起きるのを待てと命じられていたのだろう。引ったくりも、蘇枋の息のかかった者か、銭で雇った者だと考えれば、ぴたりと平仄があう。

「江依太はどこにいるのだ」

「蘇枋の隠居所を見張っております。なにか動きがある、と考えているようです」

「よし、隠居所に案内してくれ」

藤尾が内通者だとわかったいまでは、奴といっしょにいても意味はない。仮に海次と小三を抱きこんでいるとしても、いま、蘇枋に会いにいって尻尾を出すなどとは考えられない。

笠子屋の書屋権丈は、藤尾に問い詰められても、江依太にそそのかされてあの記事を書いたなどとは、口が裂けてもいわないだろう。

藤尾のことだから、おめえらも、だれからか投げこまれた文にそって記事を書いていたのか、と余計なことを口走るはずだ。そうすると、権丈もそれにのっかり、相手はわかりませんが、と話せば藤尾は納得する。

「おれは、鈴成座にいきてえのですが、いいですか。妙な胸騒ぎがするんですよ」

作造がいった。

「ああ、隠居所に案内してもらうだけだから、啓三ひとりでかまわねえ。そうしてやれ。知りあいがそばにいれば、お登世も安心するだろう」

空が黒雲に覆われつつあった。

「ひと雨くるかもしれねえ、急ごうぜ」

百合郎が先に立って歩きはじめた。

両国までは、作造もいっしょだった。

小雨がぱらつきはじめた。

弁柄色(べんがらいろ)の襟巻(えりま)きで口元を隠した風太郎が路地に身を隠し、百合郎たちが立ち去るのをみていた。

蘇枋に命じられ、青柳を燃やすためにやってきたのだが、火を付けるつもりなど毛頭なかった。いままでにも人殺しの手伝いをやったことはある。けれどもおのれの手で殺(あや)めたことはない。金持ちに操られた貧乏人がどうなろうと、他人のことなどにかまってはいられない。が、人を殺め、地獄にだけはいきたくなかった。蘇枋といっしょとなるとなおさらだった。

風太郎は空に目をやり、

「雨では火は付かないな……」

と呟き、ぶらりぶらりとどこかへ歩き去った。

大きな花火をみるためには、もう少し生きていなければならない。

業平橋に差しかかった平野平左衛門は足をとめ、振り向いてみたが、尾行してきているような人影はなかった。
めずらしく、風太郎の思惑が外れたか、と考えてしばらく待ってみたが、不審な者は現れなかった。

ひと足先に、虎雨に逃げるよう忠告にいった伊三と金太だが、両手両足を縛られたうえに猿轡まで咬まされ、物置に放りこまれていた。

平野は小梅村に入り、墨田村にある虎雨の住まいを目指して歩いていった。
虎雨を惨殺する光景だけが頭を占め、尾行者のことなどもうどうでもよくなっていた。蘇枋を見張っているのなら、いつかは現れるだろうから、そのとき斬り殺せばすむことだ。
小雨が落ちはじめていた。

虎雨の屋敷は瓦屋根で、ひと目で、金のかかっていることがわかる。庭はさほど広くないが屋敷林に取り栫まれ、外からなかがみえないような造りになっていた。

平野は、蘇枋の使いできたといい、抜き打ちに斬り殺そうと考えていた。そのあと奉公人も斬り殺すつもりだった。

玄関で案内(あない)を請うたが、だれも出てこなかった。

「平野だ、平野平左衛門だ。蘇枋の使いできた、あけてくれ」

戸を叩いて叫んだが返辞がない。

雨が強くなっていた。

背後から声が聞こえた。

「平野平左衛門、捜したぞ」

振り向くと、六人の侍が平野を取り椊むようにして立ち、右手を刀の柄(つか)にかけていた。

見知った顔はいなかったが、侍たちの正体はわかった。

そのむかし、平野が同僚の妻に惚(ほ)れ、連れて出奔(しゅっぽん)した藩の、藩士たちにちがいない。

妻の病死を知りながらも追ってきた元同僚は何年かまえに斬り殺したが、元同僚の妻の父親は藩の重役で、いまだに、娘の仇(かたき)として平野を追っていた。

虎雨はそのことを知っていて、しかも蘇枋が平野を差し向けるのを予想したのだろう。それであの藩の重役に知らせ、刺客を送ってもらったにちがいない。

平野が振り向くと、六人が抜刀した。さすがに腕に覚えのある者が送りこまれたようで、腰が据わり、落ち着き払っている。

平野はゆっくりと庭の真ん中まで歩いた。

まだ昼間だが、空は黒雲に覆われ、あたりは薄暗くなっていた。

地面に落ちる雨音が聞こえている。

虎雨が濡れ縁に姿をみせた。

平野平左衛門が殺されるところを見物するつもりらしい。

急に雨脚が強くなり、虎雨の姿が霞(かす)んだ。

平野は睫毛(まつげ)を叩く雨に目をあけていられず、薄目にした。

背後にいた一人が裂帛(れっぱく)の気合いを発し、斬りかかってきた。平野が抜刀し、振り向いたとき、まだ相手の刀は上段にあった。平野の動きはそれほど速かった。

平野は左足を軸にして半回転し、右手だけで相手の左脇腹から喉に向かって斬りあげた。

久々にひとを斬った手応えを覚え、血が沸き立った。

「これだよ、これ。これがなくちゃあ、生きているとはいえねえ」

豪雨に打たれた平野は、薄笑いを浮かべ、叫んだ。

「虎雨の爺さんよ、感謝するぜ。生き返らせてくれてよ」

斬られた男は、腹から血飛沫を噴きあげながら真後ろに倒れた。

「ひゃーっはっはっはっはははは……」

平野は笑いながら、一歩引いて腰を落とし、向かってくる相手を突いた。刀の半分ほどが相手の背中に突き抜けた。すぐ引き抜いた。その刀で、左から斬りこんできた男の両腕を叩き斬った。腕は刀をつかんだまま高く飛び、切尖から地面に突き刺さった。柄をつかんだままの手ははなれなかった。両腕をなくした侍は、間欠泉のように血の吹き出る腕をどうすることもできずに、ただ叫びながらみている。

平野は刀を返し、その男の首を刎ねてやった。

「ひゃっほー」

平野が叫んだ。嬉しくてならなかった。血湧き肉躍るとはこういうことだ。

残った三人のうち、一人は感心したような顔をしていたが、二人は、平野のあまりの凄腕に腰が引けた。

土砂降りに濡れた髷が乱れ、二人は恐怖に引きつったような顔をしていた。

「ほらほら、かかってこいよ」

平野は右手で持った刀の切尖を二人の目のまえでひらひらさせた。

一人が逃げ腰になり、一歩、また一歩とさがり、さっと踵を返して逃げだした。

平野は大刀を左手に持ち替えて右手で脇差しを抜き、逃げだした男に投げつけた。その刹那、踏みこみ、もう一人の逃げ腰になっていた男の臑を、左手一本で薙いだ。骨を半分断ち割られた男は悲鳴をあげ、刀を放り投げるように落とし、両膝を地面についた。そこを一閃、男の首を斬り落とした。首は雨に打たれながら高く飛び、やがてどんと泥濘に落ちた。

背中に脇差しの刺さった男は、這いながら、

「死にたくない……死にたくない……」

といいつつ逃げようとしていた。

追いかけてとどめを刺そうとしたとき、中年の男が立ちはだかった。

「噂に聞いていたとおりだな、人殺しを楽しむ狂人め」

といい、中年は正眼にかまえた。

突きだした刀の棟を、豪雨が叩いた。頭から滝のように流れる雨が目をしばた

たかせ、中年の口に流れこんだ。

中年が右足を引き、八双にかまえを移した。切尖が天を向いている。

「おぬし、できるな。おれは腕のいい奴と遣りあい、殺されるのを夢みて小便を洩らすことがあるのだ。これが快感でな、女のなかに洩らすより、よほどいい」

平野はいい、左足をわずかに引いて切尖をさげた。

連れて藩を出奔した、元同僚の妻女が旅の途中で病死したあと、平野は女を抱いていない。女を抱けない身体になってしまったのである。

このとき、豪雨がさあっとあがり、小雨に変わった。

瞬時、中年が斬りこんできた。平野は中年の右脇を斬り抜けた。

中年の切尖は平野の襟を斬り裂いていた。が、平野が左から右に斬りあげた一閃は、中年の肝臓から肺臓をふたつに斬り割っていた。

中年は声を発することなく、真横にたおれた。

濡れて重くなった袴を着けていたか、着けていなかったかが勝敗をわけた。平野は、着流しだった。

「ひゃぁあ、危ねえ、危ねえ……」

背中に脇差しを突き立てた男は、這っている格好のまま死んでいた。

平野は脇差しを抜き取り、濡れ縁をみた。

そこに虎雨はいなかった。

濡れ縁に飛びあがった平野は、五つほどある部屋を捜し廻ったが、虎雨の姿はどこにもなかった。

「あの野郎……尻尾を巻いて逃げやがったか」

まあいい、どこに隠れていようと、蘇枋なら捜しだすだろう。そのときは逃がさぬ、と呟きながら平野は素っ裸になり、箪笥の着物を鷲づかみにして濡れた頭や顔、胸を拭き、放り投げた。抽斗を捜すと褌と長襦袢がみつかった。平野はそれを身につけ、絹の単衣を引っ張りだして着た。丈が短く、ようやく脹ら脛が隠れる程度だったが、濡れた着物をそのまま身につけているよりよほどいい。

台所の釜に飯が残っていた。

それを椀に取り、酒をかけて酒茶漬けにして掻きこんだ。

「さて、次は、鈴成座に匿われているお登世だな……」

おのれにいい聞かせるようにして、玄関から外に出た。

雲間から、夕暮れの真っ赤な太陽が顔を覗かせていて、東の空には虹がかかっていた。あれほど降っていた豪雨が嘘のようだ。

立ち去る平野のうしろ姿を、屋敷の物陰からみていた男がいた。青柳の書屋、甚吉（じんきち）であった。

「なんて奴だ……」

凶暴な狼が、兎（うさぎ）を屠（ほふ）るのをみた、と甚吉は思い、身体が震えていた。

それでも、震える足を引きずりながら屋敷の裏庭を抜け、物置の戸をあけた。

「ううう……」

そこには、両手両足を縛られ、猿轡を咬まされた男が二人転がっていた。

斬り殺された男たちが二人を縛りあげ、ここに放りこむのを甚吉はみていたが、男たちの目があったため、助けだすことができなかったのだ。

三人いた奉公人には、三日間の暇をだした、と虎雨がいっていたので、ほかにはだれもいない。

甚吉は二人の猿轡をはずし、縛っていた縄を解いてやった。

侍に縛らせるとき、虎雨が、

「縛るのはこのおふた方のためですが、傷つけるようなことはしないでくださいましよ」

と、注意したので、二人に怪我はなかった。

「すまねえ、助かったぜ。おれは伊三、こいつは金太だ」

紹介された金太は、庭の隅に駆けていき、立ち小便をはじめた。

「おれは青柳の書屋、甚吉だ」

「青柳の書屋……だと」

伊三が目を剝いた。

「てめえのために……虎雨は無事か」

「姿を消した」

「どういう意味だ」

「庭をみてくれ」

金太に目をやると、小便をすませて戻ってくるところだった。

伊三と金太、それに甚吉は、屋敷の脇をとおって表の庭に抜けた。

そこには雨に濡れたままの六人の死骸が転がっていた。

「なんだ、これは」

伊三が叫んだ。金太は屍体をみて吐いた。

「月代の伸びた、着流しの浪人が一人でやった」

「なんと……」

「あんたらあの浪人と知りあいなら、関わらないほうがいいぞ。あいつは、だれにでも咬みつく狂犬だ」

「こいつら何者だ」

伊三が尋ねた。

「おれも知らねえ。おもしろい見世物があるから、といって虎雨から呼ばれただけで、ここでなにが起こったのかさえわからねえのだ」

甚吉はいい、うなだれたように歩きはじめた。

伊三と金太は見送るしかなかった。

三

雨宿りをしたため遅くなったが、百合郎と啓三は、木場の材木置場にきていた。

あたりを夕日が赤く染めている。

「ここで見張っていたはずなんですが」

どこにいったものか、江依太の姿はなかった。

「蘇枋とがりがり男が動いたのかもしれませんね」

啓三がいった。

「これからどうしますか。江依太を待つにしても、ここに戻ってくるかどうか、わからねえし……」

「江依太は蘇枋に捕まったのかもしれねえ」

いったとき、百合郎はすでに筑後橋を駆け抜けようとしていた。

あとにつづいた啓三の心の臓が高鳴っていた。

「まさか、すでに殺されている……」


蘇枋の隠居所の扉はきちっとしめられ、静まりかえっていた。

百合郎はなんの躊躇(ためら)いもなく扉に手をかけ、押しあけた。

玄関まで走り、

「だれかいるか、蘇枋という隠居に会いたい」

と、戸を叩きながら叫んだ。

しばらくすると、玄関戸ががらりとあき、

「百合郎さま」

と叫んだ江依太が、じっと百合郎の顔をみて涙ぐんだ。溢れ出る涙をしばらく拭っていたが、

「無精髭が似合いませんね」

といった。

「おめえも、泣きっ面は似合わねえぜ」

江依太が捕らわれたのではない、とわかって百合郎は安堵した。

「吉治郎親分は」

「まだだが、おめえたちの働きのおかげで、もうすぐ放免されるだろうぜ。ああ、理由はわからねえが、川添さまがよくやった、といっておられた」

「はあ……」

「ところで、おめえがなぜこんなところにいるのだ」

「蘇枋に逃げられました。ここにはだれもいないとわかりましたのでちょいと探りに」

「なにかわかったか」

「湯の焚き口に、大量の紙を燃やした跡がありますが、灰になっていて、文字は読めません」

「旗本や大名に金を貸していると聞いたが、その証文か」

「借用書なら、がりがり男が風呂敷に包んだものを重そうに持っていましたので、あれがそうじゃないかと。燃やしたのは、世に出たらまずい書きつけの類いでしょう。身につけるものや暮らしの道具はそのまま残してありますが、金はありません。ほとぼりが冷めるまで、ここにはもう戻ってこないつもりでしょう。そんな気がします」

「急いで出ていったのなら、なにか見落としがあるかもしれねえな。徹底的に探してみようぜ。吉治郎とおれを罠にかけて笑っていた糞野郎だ、このまま放ってはおけねえ」

江依太と啓三がうなずいた。

「こちらにお登世さんとおっしゃる方がおいでだと伺ってまいりました。わたしは南町奉行所の中間で恒三と申します。おられましたら、この文をおわたし願います」

中年の男が鈴成座にやってきて、呼びこみの男に文をあずけて帰っていった。

客の呼びこみ役から文をわたされた作造は、それをお登世にみせた。

読んだお登世が喜びを満面にたたえ、

「父が放免されるそうです」

といって文を作造にわたした。

文には、

『吉治郎が放免される。家で待つように　南町奉行』

と簡潔にしたためられてあった。

作造は一瞬、なにか腑に落ちないものを覚えた。だが文を読み返しても、不審なところはなかった。

読売にあれだけはっきり書かれれば、奉行所としても考えを改めざるを得なかったのだろうか。

奉行所にたしかめにいきたかったが、すでに持ち帰る品を風呂敷に詰めはじめているお登世を、一人で霊巌島に帰したくなかった。

お登世を狙う奴がいるなら、命に代えてでも護ってやる、と作造は決心していた。それが雁木百合郎に対する償いにもなる。

「文はたしかにわたしてきました」

いったのは、鈴成座に文を届けにきて、恒三と名のった男だった。

恒三は神田川堤で待っていた男に話していた。

「そうか、よくやってくれた」

と男はいい、懐から一分銀を恒三に握らせた。

恒三が下卑た笑いを浮かべて一分銀を握ろうとしたそのとき、恒三の脇腹を脇差しが貫いた。

脇差しの柄を握っていたのは、平野平左衛門だった。

平野は、吉治郎の住まいでお登世を待ち伏せし、殺すつもりだった。そこで石屋の為五郎の腹を刺しているので、吉治郎の住まいの場所は知っている。

恒三の腹から平野が脇差しを引き抜くと、恒三がずるずるとくずおれた。

一分銀が落ちていたが、平野は、

「遊び人にも三途の川のわたし賃は必要だろうぜ。ちょっと多いが取っておけ」

といって捨ておいた。

お登世のあとをついて歩きながら、作造はあたりに目を配った。けれど、怪しい者はいなかったし、尾行されているようすもなかった。

万にひとつを考えて大川沿いの寂しい道ではなく、町中をとおる道を選んだが、考えすぎだったか、と思いながら箱崎川にかかる崩橋をわたり、すぐ右の湊橋をわたって霊巌島に足を踏み入れた。

あたりは薄暗くなっていた。

吉治郎の住まいに灯はなかった。

「父はまだ戻ってきてないようですね」

お登世が気落ちしたようにいった。

玄関まえまできたお登世に、

「待ってください。おれが先に……」

と作造が小声でいい、お登世と入れ替わった。青柳を見張っているときから湧きあがっていた胸騒ぎが、おさまらないのだ。

玄関戸からはなれているよう、お登世に手で合図した。

お登世はやや不安な顔をしたが、作造の言葉に従って玄関からはなれた。

作造はあたりを見廻し、玄関脇にあった雨水を溜めるための瓶を手にした。

瓶はひと抱えほどもあったが、雨水は半分ほどしか溜まっておらず、作造でも持てた。

作造が目で、戸をあけるように促し、おのれは玄関まえで屈んだ。

お登世が玄関の脇に立ち、戸を引きあけた。刹那、刀が突きだされた。刃は作造の頭上を突き抜けた。

作造は手にしていた瓶の水を玄関のなかに向かってぶちまけた。

「逃げろ」

作造は叫ぶと同時に平野平左衛門の腹に肩から体当たりし、二人して土間に転がった。

作造はすぐさま立ちあがり、囲炉裏の灰をつかんで平野の顔に投げつけた。二度、三度。

平野は左手でよけたが、濡れていた顔に灰がこびりつき、目があかなくなった。

それでも平野は立ちあがり、刀を振り廻した。

作造は平野の脇をすり抜け、表に出た。

「火事です、だれかきて……」

叫んでいるお登世の声が聞こえた。

作造もその声をめがけて走った。

「火事だと……」

「火事はどこだ」

近所の者の声が聞こえ、続々と人が集まってきた。

「賊がうちにいて、殺されそうになったんです。助けてください」

お登世がいった。

頭のいい娘だと作造は思った。賊に襲われたと叫べば、怖じ気づいて出てこない者も多い。しかし火事だと叫べば、ほとんどの者が出てくる。それから賊の話をすれば、そこから尻込みするのは男じゃねえ、と見栄を張るのが江戸っ子だ。

「おめえ、吉治郎親分の娘じゃねえか」

「親分の娘を襲うとは巫山戯た野郎だ。おれたちでとっちめてやろうぜ」

近所の男たち五、六人が、薪や心張り棒を持ちだしてきて、おそるおそる玄関からなかを窺った。

「瓶が転がっているだけで、だれもいねえようだぜ」

みなで土間に入り、燧石で行燈に灯を入れた。ほかの部屋も厠も調べたが、賊はいなかった。

裏庭もみてくれたが、隠れているようすもない、という。

「おれたちに恐れをなして逃げたな」

「またきやがったら、大声を出しなせえ。すぐ飛んでくるから」

親切にいってくれる者もいた。

「なにはともあれ、心張り棒をかけて寝るこったな」

男たちは帰っていった。

「裏口から逃げたようですね」

裏庭は小さく、竹垣が施されているが、竹が腐り、ひとがとおり抜けられるほどの隙間が方々にできている。そこを抜ければ長屋で、右にも左にも路地がある。だが、長屋のどこかに潜み、夜中に襲ってこないともかぎらない。

お登世はまだ脅えていた。

「雁木の旦那の屋敷に泊めてもらいましょう。雁木の旦那が放免になったことも知らせておきてえ」

お登世はうなずいた。そのあとでようやく気づいたように、

「ありがとうございました。作造さんは命の恩人です。なにもせずに戸をあけていたら、いまごろ死んでいました」

といって深々と腰を折った。

灰が目に入った平野は、あたりが霞んでよくみえなかった。

男たちの声がしたのでお登世を追うこともできず、あのとき風太郎が眠り薬を入れた水甕に顔を突っこむようにして目を洗い、裏口から逃げだした。

武士の十人などより、義にかられて集まった町人のほうがよほど始末に悪い。


平野平左衛門が豊海橋のたもとの船宿で猪牙舟を雇い、油堀をとおって島田町に戻ってきたのは、宵五つ刻（午後八時）をすぎていた。

猪牙舟の縁から手を伸ばして大川の水を掌で汲み、目をすすいだ。おかげで多少痛みはあるものの、みえるようにはなっていた。

筑後橋のたもとで平野は猪牙をおりた。

蘇枋が姿を消したことなど知らない平野は、まっすぐ蘇枋の隠居所へ向かった。

隠居所にともっている灯りが、庭の林をとおしてかすかにみえた。

虎雨とお登世を手にかけ損ねたことをどういいわけしようか、と考えながら、門を模した二本の柱についている扉をあけようとして、ふと、扉が半分あいているのに気づいた。

風太郎は細かな奴で、なにごともきちんとしていなければ気がすまない。

平野は用心しながらも、玄関から堂々と隠居所へ入った。庭に廻りこみ、ようすをみようなどとは微塵も考えないのが、平野平左衛門だ。なにかあれば斬り殺せばいい。

黙って廊下をいくと、生き人形のような顔の若者が、箪笥をあさっていた。

「てめえはだれだ。蘇枋と風太郎はどうした」

「おめえこそだれだ」

となりの部屋から六尺（百八十センチメートル）はあろうかという無精髭の大男が出てきた。

「こいつが先ほど話した……」

生き人形がいった。

「そうか、虎雨を始末にいった用心棒か。その顰（しか）めっ面では、虎雨には逃げられたようだな」

「蘇枋からも捨てられたようだ」

生き人形がいった。

「そんなことはどうでもいい。蘇枋からは、一生食うには困らないほどの金をもらったからな。あとはおめえらを殺し、暖かいところでのんびり暮らすとしよう」

　平野が刀を抜いた。

「石屋の為五郎を殺したのはてめえだな」

　百合郎が羽織を脱いだ。百合郎は帯の背に朱房（しゅぶさ）つきの十手（じって）を挟んでいた。

　平野が、おや、というような顔をした。

「おめえ、もしかして鬼瓦（おにがわら）か」

「そうとも呼ばれている」

「おもしれえ、会いたかったぜ。たしかに為五郎の腹を滅多刺しにしたのはおれだ。胃の腑の腫（は）れものをできるだけ長いあいだ気づかれたくなかったからだ。それに気づかれると、為五郎も一枚からんでいる、と悟られるかもしれない、と風太郎が考えたのだがな。首は、為五郎自らが斬った。あれは覚悟の自死だ」

　為五郎の覚悟は、相当のものだったようだ。

「怨みがあると叫んだのはだれだ」

「風太郎だ。叫んだあと、二人してその場をすぐ立ち去った」

「自訴（じそ）していまの話をぶちまけるつもりはねえんだろうな」

「おれはまだ四十そこそこだぞ。この歳で獄門首（ごくもんくび）にはなりたくねえ」

「そうか、そうだろうな。畳を血で汚すとあとが面倒だ。庭におりねえか」

「そのあいだに二人を逃がすつもりか」

包丁を手に、壁に身を寄せた啓三を、平野は目の端で捕らえていた。

「まあいい、逃げる間を与えるつもりはねえしな」

といい、いきなり江依太に斬りかかった。

百合郎は抜刀し、平野の刃を防いだ。

刃と刃とが咬みあう鋭い音がし、鉄の焦げるようなにおいが漂った。

平野の刀が刃毀れしたようだ。

百合郎の刀は段平だが同心の常で、鍔から四分の三は刃引きがしてある。

百合郎は平野の刀を押し返し、刃と刃とで押しあったまま対峙した。

「むうう……」

平野が唸った。

「はなれていろ江依太、啓三も手出しをするな。邪魔になる」

江依太がはなれ、障子をあけ放った。

空はすっかり晴れわたり、あがりはじめた下弦の月が手入れの行き届いた庭を薄ぼんやりと照らしていた。

百合郎が平野の刀の鎬を叩き、一歩さがった。

平野はすかさず突いてきた。百合郎は左にかわし、平野の右手首を斬りあげながら濡れ縁に出た。平野は左に廻りこみながらついてきた。

百合郎は一歩踏みこみ、平野の左脇腹を左から右上に斬りあげた。平野は飛んでよけ、濡れ縁を三、四歩、後退りながら上段にかまえを移した。

百合郎は追って踏みこんだ。平野が飛ぶように斬りかかってきた。

江依太は、百合郎の頭が割られた、と咄嗟に思った。

「あっ……」

啓三の口からも思わず声が洩れていた。

百合郎は段平を頭の上で横一文字にして平野の刀を防ぎ、平野の足首をおのれの足先で払った。

平野は体勢を崩しながら庭に転がり落ちた。

すかさず、百合郎は段平の切尖を平野に向けながら庭に飛び降りた。平野は身体を二回転させ、これをよけた。

百合郎の段平の切尖が庭の芝に深く突き刺さった。

平野は素早く起きあがり、右から左に薙いだ。平野の刀が段平の鎬をまともに叩くと段平が折れ、切尖がふっ飛んだ。

どんなに鍛えられた刀でも、真横からの力には弱い。

「百合郎さま……」

濡れ縁で二人の斬りあいをみていた江依太が叫び、庭に飛び降りようとした。

それを啓三が、

「旦那の邪魔するな」

といい、腕を取ってとめた。

江依太は啓三の顔をみたが、真剣な啓三の顔に気圧(けお)され、うなずいた。

百合郎の手に残ったのは、刃引きがしてある段平の半分だった。

平野が正面から斬りこんできた。百合郎は折れた段平の鍔で平野の刀を受けた。

右手で脇差しを引き抜き、そのまま平野の左脇腹を斬りあげた。皮膚を斬った手応えはあったが、肉までは届いていなかった。

平野が一歩引き、傷をみた。

なぜか嬉しそうな顔をした。

「ようやく殺しがいのある奴に出会えたな」

百合郎は折れた段平を捨て、脇差しを右手でかまえた。

平野が百合郎の右手に廻りこんだ。百合郎も脇差しの切尖を平野に向けたまま身体を右に移動させた。

右足と交差させるように、すっと左足をだした平野が身体をひねり、その足を支えに百合郎の左に飛んだ。袈裟懸け（けさがけ）に斬りおろしてきた。百合郎は一瞬かわし遅れた。身体を引いたが、襟が斬られて垂れさがり、胸のあたりがぱっくりとあいた。

百合郎は半歩退いたが、身体がよろけた。

平野は切尖を、つ、つっとあげて上段にかまえた。その一弾指（いちだんし）、脳天唐竹割り（のうてんからたけわり）で振りおろした。

がきっと平野の刀を受けとめたのは、百合郎が帯の背に差していた十手だった。

平野が、

「十手……」

と思ったとき、すでに百合郎は平野の脇を斬り抜け、平野の背後にいた。

平野は振り向こうとしたが、脚と身体がつながっていないように咬みあわず、振り向けなかった。

　血が噴きだすのをみて、初めて脇腹を斬られたのだ、とわかった。

　痛みはない。

　身体が痺れたようで、かえって心地よくさえあった。

「なんだ、痛くも痒くもねえじゃねえか。眠りにつくあの瞬間のようで、心が安らぐぜ。おれは三十二人にこの安らぎを与えてきたのか……そのおれを怨むなんて、とんでもねえなあ」

　平野が満足そうに微笑んだ。そのあいだも、血は迸りつづけていた。

　平野が天を仰いだ。

「こいつはいいや……」

　しばらくじっとしていたが、やがて、丸太ん棒のようにたおれた。

　すでに息はなかった。

「百合郎さま」

　江依太が庭に飛び降り、駆けてきた。抱きつきそうな勢いだったが、そばには啓三がいた。

「蘇枋の隠れていそうな場所を聞きだしたかったが、棟打ちで討ち取れるような相手ではなかった」

「蘇枋ほどの奴なら、隠れ家は、二箇所や三箇所じゃないでしょうから」

啓三がいった。


そのころ蘇枋は、旗本千二百石、蒔田播磨守の上屋敷にいた。播磨守は小普請組で役職はない。だが登城の折にはそれなりの供侍などもそろえなければならず、暮らしにゆとりがあるとはいえなかった。

蘇枋に対しては、五千両を超える借財があった。

「しばらく屋敷においてくださりますれば、融通いたしました五千両はすべて棒引きにいたしますが、いかがでございますかな播磨守さま」

蘇枋は客間にいて、濡れ縁に立って庭をみている播磨守の足許に、借用証文を差しだしていた。

播磨守は借用書を拾いあげることもなく、

「いたいだけいればよい」

といい残し、廊下を歩き去った。

見送った蘇枋は、播磨守の下屋敷で二、三年も暮らせばほとぼりも冷めることだろう、と高を括っていた。下屋敷なら使い勝手放題で、奉行所の手が伸びることもない。蘇枋は、留守居の藩士に金を握らせ、そこを隠居所にしてもいいとさえ考えていた。

借用証書は七十枚近くある。金に困るようなことはない。

蘇枋は播磨守の借用証書を拾いあげ、丸めて庭に放り投げた。

居間に戻った播磨守は老僕を呼び寄せ、なにごとか囁いた。


次の日の午四つ刻（午前十時）。

播磨守配下の侍二人が、起きたばかりの蘇枋を門の外に放りだし、門を閉めた。

「なにをなさいますか」

門前には、無精髭と月代を剃った雁木百合郎と江依太、作造をはじめ、南町奉行所の取り方十名が待ち受けていて屋敷から放りだされた蘇枋を捕縛した。

「奉行所に売りやがったな、卑怯者」

蘇枋は門に向かって叫んだが、厚い門扉が声を跳ね返した。

「蘇枋が風呂敷に包み、当屋敷に持ちこんだ借用書が七十枚ほどございますが、いかがなさいますか」

播磨守に老僕が聞いた。

「わしが借金を横取りするのも悪くはないが、まあ、ここは方々に恩を売っておくに越したことはなかろう。借用書の主にそれぞれ返してくるように、だれかに申しつけるようにな」

「それはまことによい考えでございますなあ」

老僕はいい、にっこり笑った。

蘇枋は播磨守に裏切られたことで、おのれのことは棚にあげて武家社会の不人情に激怒した。

たぶん、どの旗本も大名も手を貸してはくれぬ、と覚悟して罵り、

「すべて話せば、罪一等を減じ、遠島にしてもらえましょうか。やったのはわたしではなく、風太郎という破落戸ですが」

と吟味与力に聞いたが、吟味与力から、

「拷問を受けたいのか。痛いぞ。脚の骨など、砕けるかもしれぬぞ」

と脅され、すべて喋(しゃべ)った。

平野平左衛門の死骸は、九州のある藩から、引きわたしてくれ、との申し出があり、そこへ引き取られた。

吉治郎も放免となった。

十日あまりも牢に押しこめられていた吉治郎はやや痩せていたが元気で、迎えにきたお登世と抱きあって泣いた。

それをみた江依太の目も潤(うる)み、手の甲でしきりに拭っていた。

行方知れずの父親を思いだしたのだろう、と百合郎もせつなくなった。

百合郎も、非番の日には江依太の父、井深三左衛門(いぶかさんざえもん)の行方を捜しているが、なんの手掛かりもない。

伊三や金太などは、あたりを憚(はばか)ることなく、大声をあげて泣いていた。

啓三はうつむいていたが、その目からは、涙がぼろぼろと零(こぼ)れ落ちていた。

作造は、

「おれが顔を出す場でもねえから」

といい、奉行所にはきていなかった。

「屋敷にも使いをやったが、戻っておらぬそうだ」

筆頭同心の川添孫左衛門がいった。

藤尾周之助のことだ。

百合郎とわかれて笠子屋にいき、粂蔵から話を聞いたあと、

「厠を借りる」

といって裏にいったまま、行方がわからなくなっているのだ。

蘇枋は藤尾に関しても、

「藤尾さまは、わたしのためにいろいろと働いてくださいました。それも、二十両や三十両のはした金でございますよ。役人だといって肩で風をきって歩いておられますが、懐はいたって寂しいもののようでございますなあ」

と、皮肉とも同情とも受け取れるような話をしている。

「藤尾の奴、女房子を屋敷に残してどうしようというのだ」

川添孫左衛門は心を痛め、目の下に隈ができていた。

「息のかかった岡っ引きやその配下をすべて動員して捜させましょう」

古参の同心がいった。

「いや待て。それをやれば、やがて読売にも嗅ぎつけられ、藤尾の出奔が江戸中

に知れわたってしまう。わしは、もっと穏便におさめたい。奉行にはわしが話をとおす」

　川添の頭にあるのは、藤尾の息子、周太郎のことだった。父親が悪党の手先となったあと出奔したとなれば、同心としてのお抱えはなく、母子ともども路頭に迷うことになる。

「あと、二、三日待つ。このことは決して口外するな」

　と、川添はみなに箝口令を敷いた。

　夕七つ半刻（午後五時）に退所した百合郎は、江依太と連れ立ち、屋敷を目指していた。三月（旧暦）の末であたりは薄暗くなりつつあった。

　いつものように比丘尼橋を東に折れ、京橋堀沿いを白魚橋あたりまできたとき、突然、河岸の小屋に隠れて待ち伏せしていたらしい男に襲われた。

　顔は手拭いで隠しているが、月代がわずかに伸びていても、髷は小銀杏だとみて取れた。

　体型にも見覚えがあった。

「なにをするんだ、藤尾さん」

初太刀(しょだち)を軽くいなされた藤尾は、体勢を整えると、ふたたび上段にかまえ、斬りかかってきた。

江依太はややはなれ、息をのんでみていた。

百合郎は、藤尾の打ちこみを軽くかわしていたが、やがてなにかを決心したように、ぐっと腰を落とし、刀の柄に手をかけた。

江依太は、斬る、とみて息をのんだ。が、やめろ、と叫べなかったし、あいだに割って入ることもできなかった。

藤尾が斬りこんできた。

百合郎は、抜刀一閃、藤尾の左脇腹から胸のあたりまで深々と斬りあげていた。

百合郎が佩(は)いていた刀は、刀剣蒐集家(しゅうしゅうか)の凌霄(のうぜん)からもらったものだ。凌霄に、

「刀が折れたのだが、掘りだしものはないか」

と相談すると、すぐに、

「そこいらのお侍には重くて無理でしょうが、雁木さまならちょうどよかろうかと存じます」

といい、拵(こしら)えに金のかかっていそうな刀をだしてくれた。

腰に差してみると、折られた段平とほとんど変わらない。

抜いて刃をみると、まだ、一度もひとを斬ったことがないのがわかった。

「いいか」

「どうぞ」

百合郎は庭に出て竹藪に入っていき、抜刀一閃、孟宗竹を断ち割った。大した手応えもなく、孟宗竹はすぱっと斬れた。

「気に入った。いかほどだ」

「あのときのお礼だと思ってお受け取りください」

凌霄には、千両という値がついた『備州長船景政』をくれてやったことがある。百合郎は、おのれが持っていても宝の持ち腐れだ、と考えたからだ。

「では、ここに二十両を持ってきておるので、それだけ払っておこう。もらうと、あとあと面倒なことにならぬともかぎらぬ」

といって腰に佩いてきた刀だ。まだ刃引きもしていなかった。

「すまん……あとを頼む」

藤尾はかすかに囁き、息を引き取った。

あたりを見廻したが、人影はなかった。

百合郎が定時に退所したのなら、帰宅する同心の姿があったはずだが、苦手な書類仕事を片づけていたため、退所するのが半刻（一時間）ほど遅れたのだ。

「江依太、奉行所へ戻って中間を四人と、戸板を用意してこい」

いいながら百合郎は羽織を脱ぎ、藤尾の遺体にかぶせた。

江依太は、戸板を抱えた中間を連れてすぐ戻ってきた。

「使い立てして悪いが、川添さまの屋敷に走り、奉行所に戻るように伝えてくれ」

「承知しました」

江依太はすぐ走り去った。

百合郎は中間に命じ、藤尾周之助の遺体を奉行所に運んだ。

待っているとほどなく、

「藤尾に襲われたというのはまことか」

川添孫左衛門が、息をきらしながらやってきて尋ねた。

百合郎は、突然襲われ、仕方なく手にかけたことを話した。嘘偽り(うそいつわ)はなかった。

「おまえの腕なら、棟打ちで対処できたはずだがな」

いった川添が考えこんだ。

同心詰所には、百合郎と川添のほかはだれもいなかった。

「後始末をわしに任せるつもりで斬ったのか」

「川添さまのおよろしいように」

百合郎が立ちあがると、川添が顔をあげ、聞いた。

「これでよかったのだろうなあ」

百合郎が斬り殺さず、棟打ちで捕縛していればすべてが公になっていたはずだ。

川添の声を背中に聞きながら、百合郎は詰所を出ていった。


次の日。

川添孫左衛門は、藤尾の遺体を屋敷に運ばせ、藤尾の妻と息子に、

「周之助は、笠子屋という読売屋から聞きこんだ、盗人一味を追いかけておったのだが、捕らえる既のところで、隠れていた仲間の手にかかり……」

と話した。

「立派な最期でござった」

「ありがとう存じます」

藤尾の妻は、両手をついて深々と頭をさげた。

周太郎は悔しそうな顔をして涙を浮かべ、藤尾の遺体を睨んでいた。

「来年から、無足見習いで出仕できるよう取り計らってやる」

川添がいった。

四

蘇枋は、市中引き廻しのうえ、獄門、と決まった。

蘇枋がやったことを読売で知っていた町人は熱狂し、引き廻される沿道は、見物人で埋まった。なかには石を投げつけ、

「どうだ、蘇枋、これだけ騒がれれば満足だろう」

「地獄に落ちやがれ」

などと野次る者もあとをたたなかった。

蘇枋は馬の背で号泣していた。

「いいぞ、もっと泣け、叫べ。これでおめえの望みどおり読売が売れ、大騒ぎに

なることまちがいなしだぜ」

また、だれかが野次った。

風太郎は野次馬に混じり、虎雨を捜していた。

「いた」

引き廻されていく蘇枋を笑顔でみあげている。まわりの町人となにやら話し、肩を叩きながらうなずきあっていた。

風太郎は、あのとき閃いたことはまちがいなかった、と確信した。

町人を溝鼠(どぶねずみ)呼ばわりした虎雨が、町人の肩を叩きながら笑い、話をしている。町人を忌(い)み嫌っているようすは微塵もないのだ。

世間を煽(あお)って大騒ぎを起こそう、との計略を蘇枋に持ちかけたとき、すでに蘇枋を陥れる腹づもりが虎雨にはあったのではないか。

町人を溝鼠などと呼んで蔑(さげす)んだのは、虎雨の策略ではなかったのか。

蘇枋には、町人や貧乏人を莫迦にしてきた素地がある。

世間を煽る争い、と持ちかければ、虎雨にだけは負けたくない蘇枋のことだ、かならずやのってくる。しかも虎雨に勝つためなら、そのうち人殺しさえ辞さなくなるにちがいない、と読みきっていたのではないか。

幼馴染みだから、蘇枋のことはよくわかっていたはずだ。

見込みどおり蘇枋が罪を犯したその暁には奉行所に届け、蘇枋を獄門台に送る、という深遠な計略だった、としたらどうだろうか。

その証に虎雨は、金はばらまいているが、町人そのものには指一本触れていない。身分不相応の金を手にした町人が、勝手に変わっていっただけだ。

蘇枋は、武家の内儀と男娼を相対死にみせかけるように平野に指示し、二人を殺させているが、虎雨は、罪になるようなことはなにもしていないのだ。

「貧乏人が気の毒で金を恵んだ」

たったそれだけのことだ。

蘇枋を陥れるために、虎雨は、五年の歳月を費やして、遠大な計略を立てたのだろう。

虎雨にとっては、その遠大な計略も、おのれを永年あざ笑っていた憎い男が蟻地獄に落ちていくのをみる、老後の楽しみのひとつだったにちがいない。

蘇枋が派手にやって読売が売れ、一文銭が出ていくたびに、虎雨は大笑いをしていたはずだ。一文銭を払うたびに、計略が着々と進行していったのだ。これが笑わずにいられようか。

おれの人間性も見抜かれ、虎雨に利用されたのだ、と悟った風太郎にも、笑いがこみあげてきた。笑っているうちに、ふっと身体が重くなったのがわかった。

虎雨が風太郎に笑顔を向けた。風太郎には虎雨がうなずいたようにみえた。

風太郎はふっと目のまえが暗くなり、あとはわからない。

風太郎が横たわり、死んでいても気づく者はいなかった。

捻木の三五郎は、枕元に投げこまれていたとはいえ、その千両を奉行所に届け出なかった罪は重い、と裁決がくだり、遠島になった。

世間が落ち着いたころ、岡っ引きの作造と、吉治郎の娘お登世が夫婦約束(みょうとやくそく)を交わした。

「作造、おめえは十手持ちだが、雁木の旦那についたのはおいらが先だからな。それなりに敬うんだぞ」

町廻りの百合郎について歩きながら、江依太がいった。

「わかってるよ。おめえから水をぶっかけられた恩は忘れねえ」

作造が苦笑いを浮かべながらいった。
百合郎は我関せずの顔をしているが、吉治郎は笑っていた。
江依太もなんだか嬉しそうだった。
四月に入り、空は晴れわたっていた。

コスミック・時代文庫

鬼同心と不滅の剣
悪の道楽

2022年9月25日　初版発行

【著者】
藤堂房良

【発行者】
相澤　晃

【発行】
株式会社コスミック出版
〒154-0002 東京都世田谷区下馬6-15-4
代表　TEL.03(5432)7081
営業　TEL.03(5432)7084
　　　FAX.03(5432)7088
編集　TEL.03(5432)7086
　　　FAX.03(5432)7090

【ホームページ】
http://www.cosmicpub.com/

【振替口座】
00110-8-611382

【印刷／製本】
中央精版印刷株式会社

乱丁・落丁本は、小社へ直接お送り下さい。郵送料小社負担にて
お取り替え致します。定価はカバーに表示してあります。

ISBN978-4-7747-6411-5 C0193